La demoiselle du Guilvinec

DU MÊME AUTEUR

Aux Éditions Chiron

- Quel jour sommes-nous ? La maladie d'Alzheimer jour après jour
- Rendez-vous à Pristina - récit de l'intervention humanitaire

Aux Éditions du Palémon

n°1 - La Neige venait de l'Ouest
n°2 - Les disparues de Quimperlé
n°3 - La Belle Scaëroise
n°4 - Étape à Plouay
n°5 - Lanterne rouge à Châteauneuf-du-Faou
n°6 - Coup de tabac à Morlaix
n°7 - Échec et tag à Clohars-Carnoët
n°8 - Peinture brûlante à Pontivy
n°9 - En rade à Brest
n°10 - Drôle de chantier à Saint-Nazaire
n°11 - Poitiers, l'affaire du Parc
n°12 - Embrouilles briochines
n°13 - La demoiselle du Guilvinec
n°14 - Jeu de quilles en pays guérandais
n°15 - Concarneau affaire classée
n°16 - Faute de carre à Vannes
n°17 - Gros gnons à Roscoff
n°18 - Maldonne à Redon
n°19 - Saint ou Démon à Saint-Brévin-les-Pins
n°20 - Rennes au galop
n°21 - Ça se Corse à Lorient
n°22 - Hors circuit à Châteaulin
n°23 - Sans Broderie ni Dentelle
n°24 - Faites vos jeux
n°25 - Enfumages
n°26 - Corsaires de l'Est

Retrouvez ces ouvrages sur www.palemon.fr.
Le blog de l'auteur : **www.firminlebourhis.fr**

La totalité des droits d'auteur
des titres de Firmin Le Bourhis est versée à hauteur de :
50 % à l'Association Action Alzheimer
50 % à l'Association pour la Lutte
contre la Sclérose en Plaques
et autres maladies auto-immunes.

NOTE DE L'AUTEUR :

L'auteur s'empare, comme habituellement, d'une véritable affaire criminelle et, au terme d'une étude approfondie des faits et avec l'aide d'officiers de police judiciaire, en donne une version romancée aussi proche que possible de la réalité…

Un fait réel qu'il transpose dans d'autres lieux pour y bâtir une enquête qu'il livre à votre perspicace lecture…

CE LIVRE EST UN ROMAN.
Toute ressemblance avec des personnes, des noms propres, des lieux privés, des noms de firmes, des situations existant ou ayant existé, ne saurait être que le fait du hasard.

REMERCIEMENTS

- À mon ami Pascal Vacher pour ses renseignements techniques de police judiciaire.

- À Marie-Anne, de l'Office du Tourisme du Guilvinec pour son accueil et sa documentation.

- À Pierre-Jean Berrou pour son livret *Le Guilvinec - Une commune née de la pêche*.

- À Guénola et Éric Robins, du restaurant *Le Poisson d'Avril* au Guilvinec pour leur sympathique accueil et leurs informations quant aux événements qui ont perturbé la vie du port en novembre 2007.

- À toutes les personnes qui m'ont si aimablement accueilli et qui se reconnaîtront.

FIRMIN LE BOURHIS

La demoiselle du Guilvinec

ÉDITIONS DU PALÉMON
ZA de Troyalac'h - 10 rue André Michelin - 29 170 Saint-Évarzec

«La part des sentiments désintéressés
Est plus grande qu'on ne croit
Dans la vie des hommes.»
Marcel Proust (1871-1922)

«Chacun voit ce que tu parais être,
Mais presque personne ne connaît
Ce que tu es…»

1

Vendredi 12 octobre 2007- matin.

Après un été pourri, octobre se prélassait tranquillement au soleil, augurant un automne haut en couleurs.

L'affaire de Saint-Brieuc avait tenu le lieutenant Phil Bozzi et le capitaine François Le Duigou éloignés quelque temps, aussi cherchaient-ils à reprendre leur rythme et leur place au commissariat de police de la rue Théodore Le Hars à Quimper.

Très tôt le matin, autour de la machine à café, avant de démarrer la journée, ils avaient renoué contact avec leurs collègues. Le président de la République occupait une place de choix dans les discussions, par sa présence sur tous les fronts, l'engagement de nombreuses réformes et une vie conjugale mouvementée. Côté événement sportif, la fameuse passion du rugby tendait à s'étioler, car, malgré un match exceptionnel face aux All Blacks, la capitulation en quart de finale avait été peu glorieuse.

Bref, le mois d'octobre se déroulait tranquillement, si ce n'étaient deux événements de la plus grande importance dans le microcosme du commissariat de police de Quimper.

Le premier concernait un jeune brigadier qui venait de terminer ses six mois d'école et d'obtenir brillamment son examen d'officier de police judiciaire, avec mention, ce qui représentait une réelle performance quand on sait qu'un élève sur deux en moyenne seulement réussit cet examen. Il faisait l'admiration de ses collègues tant sa volonté et sa motivation étaient fortes.

Ce jeune homme, Joël Le Traon, originaire du Guilvinec, « J'suis un gars du Guil ! » comme il se plaisait à le dire, aurait voulu se donner à présent des airs de Starsky, mais il lui manquait encore quelques accessoires, comme le véhicule emblématique ou un fidèle compagnon, au profil de Hutch... Néanmoins, à l'image de notre président de la République, il aurait voulu désormais être sur tous les coups, tant son impatience était grande de pouvoir mettre en application ce qu'il avait appris. La grande réforme des services de police faisait que, dans l'avenir, il y aurait de moins en moins de commissaires, de commandants ou de capitaines et de plus en plus de brigadiers et de brigadiers-chefs promus OPJ[1] pour assurer le travail des officiers, budget oblige.

Quant au deuxième, il concernait le lieutenant Phil Bozzi, de plus en plus fébrile au rythme des semaines, car son épouse, Gwenaëlle, qu'il appe-

1. Officier de Police Judiciaire.

lait affectueusement Gwen, attendait un enfant... L'heureux événement devait avoir lieu vers la mi-novembre. Une fille était annoncée, ce qui le comblait de joie. Autant dire que François et Joël Le Traon ne manquaient aucune occasion de le charrier.

En ce vendredi matin, au même moment, un homme descendait le boulevard de Kerguelen, ainsi dénommé en hommage à Yves de Kerguelen de Trémarec, navigateur français, né à Quimper (1734-1797) et qui a découvert les îles Kerguelen en 1772. Le piéton empruntait à présent le pont qui enjambait l'Odet pour rejoindre le boulevard Dupleix et s'engager dans la rue Théodore Le Hars. L'esprit ailleurs, il marchait mécaniquement, l'air très préoccupé. Il entra dans le commissariat et demanda à rencontrer un officier de police. L'agent d'accueil l'interrogea sur l'objet de cette demande.

— Ma femme a disparu et je suis très inquiet...

L'agent n'insista pas et l'invita à s'asseoir tandis qu'il grimpait les escaliers quatre à quatre pour solliciter un officier de police disponible. Joël Le Traon étant occupé, tout comme François Le Duigou, Phil se proposa de le recevoir.

L'homme monta péniblement les marches en raison de sa légère surcharge pondérale et sans doute d'un manque d'éducation physique. Malgré sa taille, plus d'un mètre quatre-vingts, et sa large carrure, il semblait porter toute la misère du monde sur ses épaules. Il s'assit lourdement sur le siège disposé devant le bureau de Phil en soufflant, le visage rougeaud, tête basse regardant le sol, ne sachant sans doute pas par quel point commencer. Il triturait ses mains larges et puissantes. Phil avait l'habitude de ce genre de situation, il lui accorda quelques secondes, le temps de ranger son bureau et d'être en mesure de l'écouter. Puis, les mains posées devant lui, il s'adressa à l'homme qui n'avait pas bougé :

— Pouvez-vous m'expliquer, Monsieur, ce qui vous amène ?

— Voilà… c'est ma femme… elle a disparu… se contenta-t-il de répondre, le ton grave, sans oser relever la tête ni regarder Phil en face.

— Qu'entendez-vous par disparu ? Vous a-t-elle laissé un message ? Est-elle partie sans dire où elle allait ? questionna Phil sur le ton de la confidence.

L'homme releva enfin la tête, le ton de Phil l'avait sans doute rassuré.

Il se sentit davantage disposé à expliquer sa situation.

— C'est-à-dire, qu'en fait, elle n'est pas rentrée.

— Vous voulez dire chez vous, c'est ça ?

— Oui, répondit-il en acquiesçant de la tête.

— Depuis quand ?

— Hier…

Devant ce silence et la difficulté que l'homme éprouvait à s'exprimer, Phil décida d'intervenir différemment. Afin de découvrir son identité et de mieux comprendre ce qui se passait, il l'invita à lui parler d'abord de lui ; ensuite, il lui serait plus facile d'exprimer la raison de ses craintes. Ils décideraient alors ensemble de ce qu'il y avait lieu de faire, car Phil avait pensé immédiatement à une fugue ou à une légèreté de comportement.

L'homme approuva une nouvelle fois de la tête sans prononcer le moindre mot, puis, rassemblant tout son courage, se lança, de façon hésitante d'abord :

— Je m'appelle Jacques Kérity, je suis natif du Guilvinec. Mes parents y avaient créé une importante affaire de mareyage à la fin des années cinquante. J'ai pris la suite cela fait quinze ans, quand ils sont décédés tous les deux, la même année, usés par la pénibilité du travail : le froid, l'eau, la glace et ces horaires décalés… Depuis sa création, le siège social de la société se trouve au Guilvinec. Pour ce qui est du détail, nous exploitons une poissonnerie à Quimper, une autre à Nantes et à Rennes ; pour le reste, nous avons une activité de grossiste et travaillons avec les MIN (Marchés d'Intérêts Nationaux), surtout Rungis et Lyon.

— Vous dirigez une affaire importante alors ?

— Moins qu'elle ne l'a été car la quantité de poisson diminue d'année en année et avec les quotas européens… L'effectif était supérieur à cinquante personnes quand j'ai repris la direction, j'ai toujours travaillé avec mes parents. Je n'aimais pas trop l'école et, après le bac, que j'ai raté d'ailleurs, je suis rentré définitivement dans la société. Aujourd'hui, avec les départs à la retraite… bon nombre de salariés ont commencé à travailler avec mes parents… nous ne sommes plus que trente-six personnes et ça suffit, au rythme où vont les affaires.

— Je comprends.

Phil ne voulant pas s'éterniser sur la vie de son interlocuteur, l'amena à s'exprimer sur son épouse.

— Depuis quand êtes-vous mariés ? Votre épouse travaille-t-elle avec vous ?

L'homme avait commencé à se décontracter en évoquant son entreprise, mais se raidit aussitôt quand il fallut parler de sa femme.

Il bredouilla quelques mots incompréhensibles avant de se ressaisir et tenter d'expliquer sa situation :

— En fait, je ne me suis marié officiellement que depuis le mois de juin dernier et je vivais avec elle depuis maintenant un peu plus d'un an.

— Parlez-moi d'elle…

— En réalité, c'est compliqué.

— Vous savez, tout s'explique, il suffit de prendre les choses dans l'ordre. Comment l'avez-vous rencontrée ?

— C'est une longue histoire. Tout est parti d'une soirée arrosée avec mes deux copains, Guy et Jean-Paul…

— Qui sont Guy et Jean-Paul ?

— Là, il faut que je vous remonte le cours de l'histoire : mes parents fréquentaient deux couples d'amis du Guilvinec. Les Trémeur sont des commerçants qui exploitaient plusieurs magasins de vêtements au Guil mais aussi à Pont-l'Abbé, Quimper et Brest. Ils étaient très liés à mes parents et ont su leur faire profiter de leur expérience dans le commerce en les aidant à créer leurs poissonneries de détail qui sont bien plus rentables que les activités de gros. Ils n'ont qu'un fils, Guy, mon meilleur copain.

— Et l'autre couple ?

— Les Kerlarun… Ils étaient mareyeurs comme mes parents, mais eux, en plus, assuraient le transport de leurs marchandises et de celles de mes parents, jusqu'au jour où ils ne se sont consacrés qu'au transport. Ils ont cédé leur magasin de marée à mes parents, dans les années quatre-vingts, et développé une importante société de transport frigorifique avec plus d'une dizaine de tracteurs et de semi-remorques isothermiques. Aujourd'hui, c'est Jean-Paul, mon autre meilleur copain qui est à la tête de cette affaire. Et donc, ce que je voulais vous dire… Guy et Jean-Paul se sont mariés et moi j'étais toujours célibataire, faut dire que je travaillais plus de soixante à soixante-dix heures par semaine, et jamais de vacances, si ce n'est un jour par-ci par-là. Je n'avais que vingt-cinq ans quand j'ai repris la direction de la société et j'en ai quarante. Inutile de vous préciser que je n'avais pas le temps de voir la roue tourner. Et un jour, en blaguant, mes deux copains m'ont charrié en me disant de chercher une femme sur Internet, comme le font à présent des millions de personnes. Moi, sur ces machins d'informatique, je n'y connais rien en dehors de passer le cours de mes poissons et encore ! C'est mon vendeur qui s'en occupe…

— Alors, comment avez-vous fait ?

— Guy est un champion d'Internet, il est allé sur des serveurs spécialisés en rencontres et il a tout fait pour moi… C'est comme ça que j'ai rencontré Fatou…

— Fatou ? C'est son nom ou un pseudonyme ?

— C'est son prénom et Diop son nom. Fatou Diop est sénégalaise. Elle travaillait à Paris, mais n'aimait pas la capitale. Elle est native de Saint-Louis et regrettait la vie en bord de mer, le monde de la pêche, alors, dès que le contact a été établi, sachant que je n'aime pas Paris non plus, je l'ai invitée à venir au Guilvinec. Nous sommes tout de suite tombés amoureux l'un de l'autre, un vrai coup de foudre. De plus, la région lui a beaucoup plu car elle correspondait exactement à ses rêves de toujours. C'était incroyable, personne ne peut comprendre ça, Commissaire…

— Non, non, lieutenant seulement, lieutenant pour l'instant.

— Ah, excusez-moi. Oui, je vous disais donc que notre rencontre, c'est le rêve que je souhaite à tout le monde de réaliser un jour !

Cette fois, ses yeux brillaient, la vie venait de reprendre sa place pour quelques minutes, Jacques Kérity était véritablement transcendé.

— De quand datent vos premiers contacts ?

— Guy a effectué les premiers échanges sur mon microportable, en mai et juin de l'année dernière. C'est allé très vite… J'ai fait sa connaissance physiquement pour la première fois à la gare de Quimper en juillet, tenez, voici sa photo…

Jacques Kérity chercha fébrilement dans la poche intérieure de sa veste son portefeuille duquel il sortit un cliché.

Phil découvrit une très belle jeune femme noire. Elle incarnait la perfection avec des traits alliant la beauté ténébreuse et anguleuse de certains mannequins et le charme d'une femme au regard affirmé.

Ses cheveux crépus avaient été lissés sans doute pour gommer en partie ses origines.

— Elle est effectivement très belle et me paraît grande, non ?

— Oui, près d'un mètre quatre-vingts et une taille de mannequin. C'est une jeune femme extraordinaire, sensible, douce, intelligente…

— Que s'est-il passé ensuite quand vous l'avez rencontrée ?

— Je vous l'ai dit, nous nous sommes tout de suite plu. Elle venait me rejoindre tous les week-ends pendant l'été. Ensuite, je l'ai invitée à venir vivre chez moi au Guil où j'occupais la grande maison que j'ai héritée de mes parents, face à la plage de la Grève Blanche. Elle était folle de joie et ma vie venait de connaître un coup d'accélérateur sans précédent… Vous ne pouvez pas imaginer notre bonheur.

— Que faisait-elle à Paris ?

— Elle exerçait le métier de comptable dans une société d'import-export. Son patron ne voulait pas la lâcher, alors, dans un premier temps, elle continuait à y travailler à temps partiel, et moi, pour le reste du temps, je l'ai embauchée comme comptable pour gérer mes affaires ; ça tombait très bien, la comptable venait de prendre sa retraite. Du coup, ça se passait comme du temps de mes parents où ma mère se chargeait de la gestion, mon père détestait ça, et moi aussi. Et rapidement, elle s'est occupée du même coup de la SAG.

— La SAG ?

— Oui, la Société d'Armement du Guil. Nous avions créé cette société avec mes deux potes, il y a une dizaine d'années, pour acheter trois chalutiers : deux de dix-sept mètres et un de vingt-quatre. Comme la comptable gérait les deux affaires, ça tombait bien, elle l'a remplacée. Mais ce dernier travail n'a pas duré, car nous avons vendu nos trois chalutiers aux Irlandais cet été et nous venons d'en percevoir les indemnités.

— Comment ça se passe dans ce domaine ?

— C'est le plan de sortie de flotte et les quotas européens. Le plan vise les bateaux confrontés à de graves problèmes de quotas. Le barème des indemnités est attractif, surtout pour nous, car les navires ne sont pas trop récents, ils ont été achetés d'occasion. Ce n'était pas notre activité principale, nous passions donc le maximum de charges sur nos trois affaires, alors nous ne nous en sortions pas trop mal…

— Que peuvent représenter ces indemnités ? J'avoue ne rien connaître de ce monde.

— Pour les deux chalutiers de dix-sept mètres, de cent tonneaux GT, nous avons perçu deux fois quatre cent trente-deux mille euros et pour celui de vingt-quatre mètres, de deux cents tonneaux, sept cent trente-deux mille euros. Nous sommes très contents de mettre fin à cette société car le prix du carburant ne cesse de monter et cela nous inquiète beaucoup d'autant que la pêche diminue… Un jour ou l'autre, nous aurions eu des problèmes. Il a fallu licencier les gars, ce qui a été pour nous le plus pénible. Maintenant, il va falloir rembourser les crédits bancaires et régler toutes les charges en cours : une fois tout payé, il ne devrait pas rester beaucoup à nous partager… Ça nous a fait de la peine de voir nos chalutiers quitter le port définitivement, vous savez… Et il ne faut pas oublier qu'un marin en mer fait travailler trois à cinq hommes à terre… Nous sommes bien conscients des conséquences économiques…

Une réelle et sincère tristesse envahit son visage à cette évocation.

Phil voulut alors reprendre le cours du récit car il était question de tout, sauf de la disparition de l'épouse… Pour un homme abattu et inquiet, il se montrait finalement plutôt prolixe.

— J'imagine… Pour en revenir à votre épouse, pouvait-elle tout assumer ?

— Justement non. Avec l'armement, il a bien fallu qu'elle arrête son travail à Paris. D'ailleurs, elle était fatiguée et n'en pouvait plus de tout mener, c'était au printemps de cette année. C'est là que je lui ai demandé de vivre avec moi et je lui ai proposé le mariage.

— Qu'elle a accepté ?

— Oui, immédiatement, comme si elle n'attendait que ça ! Ce fut le plus beau jour de notre vie pour tous les deux. Nous nous sommes mariés le vingt et un juin dernier, ça fait juste un peu plus de quatre mois… Mais elle ne se sentait pas très à l'aise au Guil, car étant noire, elle trouvait que, là-bas, on la regardait de travers. C'est une petite ville, vous savez… Alors, parfois, certaines personnes, rares heureusement, ont eu un comportement inconvenant.

— Inconvenant, dites-vous ?

— Il lui est arrivé, une fois ou deux, de s'entendre traiter, dans son dos, de « négresse ». C'est pour cette raison que je dis « inconvenant », pour être correct. Alors, nous ne voulions plus vivre au Guil. Mes parents avaient un très grand appartement sur le boulevard Kerguelen à Quimper, dont les locataires étaient partis en mai, si bien que nous avons aménagé dans celui-ci dès notre mariage, ce qui ne nous empêchait pas d'aller de temps en temps dans la maison du Guil qu'elle aimait beaucoup pourtant. Vous savez, les gens, par ici, sont jaloux et quand il s'agit d'une noire en plus, ce n'est pas facile…

— Je comprends. Et alors, votre épouse qu'est-elle devenue ?

— Elle se rend, une fois tous les quinze jours environ, à Paris, question de faire les magasins… car il faut dire qu'elle est belle et qu'elle a du goût, donc c'est normal, c'est son plaisir. Moi, je déteste faire les boutiques, alors je la laisse y aller seule, elle me ramène toujours quelque chose d'ailleurs.

Il s'arrêta pour réfléchir quelques instants, puis reprit son monologue :

— Elle est donc partie en train de Quimper, jeudi matin de bonne heure comme d'habitude, et elle aurait dû rentrer hier soir. Quand je suis revenu du Guil, elle n'était pas dans l'appartement. J'ai appelé sur son portable, il ne répondait pas ! Comme s'il était débranché ou déchargé. Je me suis rendu à la gare, personne ne l'a vue descendre du train qu'elle aurait dû emprunter. Je suis revenu ensuite pour chaque arrivée de train en provenance de Paris… Personne, y compris ce matin. Ce n'est pas son habitude, il lui est sûrement arrivé quelque chose, je suis inquiet.

— Quand elle vous a quitté hier matin, comment était-elle ?

— C'est que je me lève à quatre heures… alors, elle était encore couchée. Mais, la veille, nous étions allés au restaurant en ville, elle était pimpante et très heureuse et m'a répété, des dizaines de fois au cours de la soirée, qu'elle vivait un véritable rêve avec moi et priait pour qu'il ne se termine jamais… Vous ne pouvez pas savoir combien je l'aime et comme elle me manque…

— Elle ne se serait pas rendue chez des amis à Paris ou chez des collègues où elle travaillait avant ?

— Non, sûrement pas, elle n'avait plus la moindre relation avec eux et ne voulait plus les voir, sa vie c'était désormais ici, avec moi… vous comprenez… et elle m'aurait prévenu.

— Avez-vous téléphoné à vos deux amis pour savoir s'ils ont eu de ses nouvelles ?

À l'évocation de ses deux amis qu'il avait qualifiés, un peu plus tôt, de « meilleurs copains », Jacques Kérity se renfrogna, donna l'impression de se replier sur lui-même.

Visiblement cette question le dérangeait ; il répondit laconiquement :

— Non, mais ils n'ont rien à y voir. Je suis aussi passé à la maison de la grève, elle n'y était pas et, d'ailleurs, son 4x4 est toujours dans le garage souterrain de Quimper…

— Bien sûr…

De nombreuses questions germèrent dans l'esprit de Phil, suite à cette réaction, mais ne voulant pas bloquer la situation, il poursuivit :

— Je vous propose que nous lancions la recherche sur tous nos fichiers. Pour cela, il me faut son identité et des photos récentes en pied et en portrait.

— Bien sûr, voici sa carte d'identité et la photo que je viens de vous montrer, mais que je veux conserver sur moi.

Phil se saisit de la carte ; sur le cliché photo, Fatou portait encore les cheveux crépus, cette photo datait de quelques années et devait être une de celles faites par des machines automatiques qui ne valorisent guère la personne, car elle ne ressemblait en aucune manière à celle en pied de la jeune femme. Il fut frappé par la date de naissance :

— Votre épouse n'a que vingt-huit ans… Sur l'autre photo, je lui en aurais donné davantage !

— Oui, je sais, tout le monde dit cela ! Il faut savoir que pour nous, Blancs, il nous est difficile d'apprécier l'âge des femmes de couleur : les Noires font beaucoup plus âgées et les Asiatiques paraissent nettement plus jeunes et, en plus, nous trouvons qu'elles se ressemblent toutes, c'est comme ça !

— Sans doute…

Phil s'activa sur son ordinateur pour entrer toutes les informations concernant son signalement, sa tenue vestimentaire. À propos de signe particulier, Jacques Kérity précisa :

— Vous pouvez noter qu'un grand bandage enveloppe sa main… Il réfléchit avant de préciser : gauche.

— Ah ? Que lui est-il arrivé ?

— Elle s'est profondément entaillé la main avec un couteau en faisant la cuisine, mercredi. Elle avait été très choquée et s'était rendue toute seule aux urgences de l'hôpital pour se faire soigner, mais elle est très forte et n'a pas voulu m'inquiéter, je ne l'ai su qu'en rentrant le soir. C'est là que, comme je viens de vous le dire tout à l'heure, j'ai décidé de l'emmener au restaurant.

— Et c'était grave ?

— La blessure était profonde mais, fort heureusement, la lame n'a pas touché de nerf, m'a-t-elle dit.

— Très bien. Vous êtes certain des vêtements qu'elle portait… Comme vous êtes parti au travail avant son départ…

— Oui, oui, car elle avait tout préparé dans la chambre avant de se coucher et m'avait demandé mon avis sur ce qu'elle comptait mettre, comme elle le faisait à chaque fois, elle est vraiment formidable et tellement attentive à sa présentation.

— Quant à son téléphone portable…

— Oui, je vous le disais tout à l'heure, il ne répond plus, comme s'il était coupé.

— Pouvez-vous me communiquer son numéro de téléphone ?

— Oui, bien sûr, il figure sur cette petite carte de visite qu'elle s'était faite à l'aide de son ordinateur portable.

— Merci. Vous évoquez son ordinateur portable, communiquait-elle par Internet ?

— Oui, sans doute… Moi, je n'y mettais jamais le nez…

— Pouvons-nous saisir cet appareil ?

— Bien entendu.

— Je viendrai le récupérer à votre appartement, ou ailleurs ?

— Je ne l'ai pas vu à l'appartement à Quimper, ce matin et je dois repartir au magasin du Guilvinec, je me rendrai à la maison de la Grève Blanche pour voir.

— Bien, dans ce cas, nous allons lancer les informations et nous passerons dans l'après-midi à votre magasin de marée, à quel endroit se trouve-t-il ?

— Comme tous les autres, nous sommes tous côte à côte derrière la criée, vous verrez notre enseigne.

Après avoir également noté l'identité et les coordonnées de Jacques Kérity, Phil lui remit sa carte de visite professionnelle afin qu'ils puissent s'appeler dès que l'un ou l'autre disposerait d'une information. Jacques Kérity l'avait alors regardé d'un air à la fois docile, inoffensif et avide de bien faire ; la panique se lisait dans les yeux.

— Je vais aussi prendre le nom et l'adresse de vos deux copains, à tout hasard…

Jacques Kérity se montra réticent une nouvelle fois, visiblement, cela le dérangeait, il s'obstinait à ne pas vouloir y mêler ses deux amis.

— Ils n'ont rien à voir dans cette affaire, s'étonna-t-il.

— Non, bien sûr, mais comme ce sont les personnes les plus proches de vous et… sait-on jamais ?

L'homme finit par lâcher, à contrecœur, les coordonnées de Guy Trémeur, le commerçant, et celles de Jean-Paul Kerlarun, le transporteur.

— Bien, je vais engager les recherches immédiatement et prendre contact avec nos collègues de la gare Montparnasse, en priorité. Savez-vous où elle devait se rendre précisément dans la journée ?

— Non. Aucune idée ! Peut-être ne le savait-elle même pas en partant car, bien souvent, c'est en arrivant à Paris qu'elle décide dans quelles boutiques aller flâner.

— Même pas une petite idée ?

— Non, aucune !

— Bon, nous restons en contact et, si vous avez quoi que ce soit, n'hésitez pas à m'appeler à n'importe quelle heure du jour ou de la nuit.

L'homme se leva, remercia Phil et s'en alla sans se retourner, ni poser la moindre question de dernière minute, ni même prononcer les phrases habituelles dans ce genre de situation, comme « Faites tout pour la retrouver » ou « Je compte sur vous, je suis tellement inquiet », afin de traduire un espoir légitime, une attente et masquer les pires craintes. Phil éprouvait cette impression, bizarre et contradictoire à la fois, d'avoir rencontré un homme brisé par la peine et l'inquiétude et qui, en même temps, ne semblait pas disposé à tout dire, comme s'il voulait préserver des zones d'ombre… Mais il se rassura en se demandant :

« D'ailleurs, y avait-il autre chose à dire ? » Il considéra que ce devait être un homme un peu rustre qui n'aimait guère s'épancher sur ses problèmes personnels. Puis il s'interrogea sur ce que celui-ci attendait de son union : une sécurité pour l'avenir… la fierté d'avoir à son bras une belle femme différente des autres ? Tandis que Phil relisait son procès-verbal, la tête de Joël Le Traon apparut dans l'entrebâillement de la porte de son bureau :

— Que voulait Jacques Kérity ? Avec la tête qu'il faisait en sortant, on aurait dit qu'on lui avait piqué sa bagnole !

— Non. Sa femme a disparu !

— Sans blague ! Sa grande sauterelle noire s'est barrée ?

Joël Le Traon en profita pour rentrer dans le bureau et s'installer à la place que venait de quitter Jacques Kérity. Phil réalisa aussitôt effectivement que son collègue devait le connaître :

— C'est vrai, tu es du Guilvinec, tu pourrais m'en parler, ainsi que de ses copains ?

— Et comment ! Ce trio était célèbre à une certaine époque au Guil ! Jacques, Jean-Paul et Guy, trois joyeux fêtards quand ils étaient jeunes, c'est-à-dire il y a quinze ou vingt ans, à ce qu'il paraît. J'ai dix ans de moins qu'eux, donc ils étaient « rangés » quand je sortais à mon tour, mais j'en ai beaucoup entendu parler. Ils travaillaient dur et étaient très sérieux dans ce qu'ils entreprenaient… mais, quand ils étaient de sortie, il n'y avait plus de limite ! L'argent coulait à flots, l'alcool aussi et il y avait toujours une bande de filles qui participaient à leurs fameuses « pistes non-stop » ! Alors, comme ça, sa miss noire a fichu le camp ? Le mariage s'est fait très discrètement, au point qu'au début, personne ne voulait y croire et, un jour, il a bien fallu se rendre à l'évidence… Pour stopper toutes les rumeurs, il a montré son livret de famille… Alors là, ça a fait du bruit dans le Landerneau local ! Au départ, le couple habitait au Guil, je crois…

Pour Phil, il était amusant d'avoir des informations de « la rue », en quelque sorte, par un collègue, sur le personnage qu'il venait de rencontrer. Joël poursuivait :

— Jacques avait récupéré la maison de ses parents en face de la plage de la Grève Blanche, elle est bien placée rue Jules Guesde, mais j'ai entendu dire que sa femme ne se sentait pas très à l'aise au Guil, alors ils sont venus vivre à Quimper, il me semble, non ?

— Oui. C'est ce qu'il vient de me dire. Et tu penses que sa femme aurait fait sa valise ?

— Personne ne croit qu'elle pourrait rester avec lui toute sa vie… D'accord, il est bourré de fric, mais tout de même, il n'y a pas que ça. Lui, il est plutôt du style un peu ours, sauf quand il a bu… tandis qu'elle, il faut la voir, une vraie poupée mannequin toujours hyper bien nippée… Comme disent tous mes copains, une souris comme celle-là dans mon grenier, je tue aussitôt mon chat !

— C'est à ce point?

— J'te l'dis, d'ailleurs, personne n'a jamais compris au Guil comment il a fait pour trouver une nana pareille!

— Ce serait Guy Trémeur, un de ses deux copains, qui l'aurait découverte par le biais d'Internet.

— Ça ne m'étonne pas, Guy c'est certainement le plus volage de la bande. Il ne peut pas voir une belle femme passer sans qu'il soit prêt à lui courir derrière aussitôt!

— Eh bien, dis donc, tu sembles bien les connaître et tu n'es pas long à leur tailler un costume!

— Le Guil, c'est une petite ville, tout le monde se connaît et tout se sait.

À cet instant, François se présenta à son tour à la porte, venant juste d'être libéré de son dernier rendez-vous.

— Que se passe-t-il ici, on complote?

Phil récapitula les faits, aidé du coup par les commentaires colorés de Joël, fier de raconter ce qu'il savait à propos de son compatriote, Jacques Kérity.

Indépendamment des évocations de Joël Le Traon, il ne fallait retenir que la réalité, l'épouse de Jacques Kérity avait disparu et il convenait de tout faire pour la retrouver.

Ils décidèrent d'aller en rendre compte au patron, Yann Le Godarec. Celui-ci ne fit que préciser le mode opératoire relatif à une déclaration de disparition de personne; restait à déterminer le caractère inquiétant ou non de celle-ci. Il fallait des motivations sérieuses pour que la police acceptât de considérer comme disparue, une adulte qui s'était évaporée depuis si peu de temps. Cependant, chacun demeurait conscient que, les quarante-huit premières heures étant souvent déterminantes, la rapidité et la qualité de la réaction déterminaient les chances de retrouver vivante et en bonne santé toute personne disparue. Yann Le Godarec conclut l'entretien :

— Aucun élément ne laisse présumer que la disparition soit d'origine criminelle ou délictuelle, aussi allons-nous nous inscrire dans le cadre de l'enquête administrative pour disparition inquiétante. Pour ne pas perdre de temps, répartissez-vous les rôles : Joël, vous allez lancer tout l'administratif, y compris les requêtes pour le téléphone portable auprès du LATS[2], pour connaître le journal des appels, les répertoires, les SMS et autres. Ceci constituera un excellent exercice pour vous faire la main sur les procédures et, quand vous aurez terminé, vous irez à la gare interroger le personnel des guichets.

— D'accord, dit-il, en acquiesçant de la tête, même si, visiblement, il aurait préféré aller sur le terrain, chez lui, au Guil.

— François et Phil, vous filez au Guilvinec, vous passez récupérer le micro-ordinateur et vous allez voir ce Jacques Kérity dans son élément, vous jetez un œil du côté de sa maison de la Grève Blanche, vous interrogez les voisins et, ensuite, vous rendez une petite visite aux deux copains… Ce soir, nous ferons le point de cette affaire.

Pour l'instant, le patron vouvoyait Joël Le Traon tandis qu'il tutoyait les deux autres collègues, apportant une certaine distance à cette relation, sans doute le temps pour le nouveau de faire ses preuves. Ils sortirent tous les trois et regagnèrent leur bureau.

---

2. Laboratoire d'Analyse et de Traitement de Signal situé à Écully dans le 69.

Phil partit le premier, suivi de quelques pas par François qui proposa à Joël :

— Si tu rencontres un problème pour toutes les réquisitions, tu demandes à Phil, c'est un champion dans ce domaine et il connaît pas mal de monde dans les services.

— Non, non, ça ira. J'ai eu la chance de faire un stage pointu dans ce domaine et je connais tout, ou presque, sur les subtilités des SMS, MMS et autres... Au fait, sais-tu ce que signifie SMS ?

— Non... Heueueu... J't'avoue que c'est entré dans le langage courant et on en oublie la signification, si toutefois je l'ai su un jour, ce dont je ne me souviens pas !

— SMS veut dire *Short Message Service*, je peux même te dire que ce « petit texte » transmis par téléphone portable a rapporté plus de trente-six milliards d'euros aux opérateurs et que plus de mille neuf cents milliards de SMS ont été transmis dans l'année...

— OK, ça va, je vois que tu t'y connais, s'était contenté de répondre François, car Joël semblait subitement intarissable sur le sujet, pas peu fier de montrer ses connaissances.

Chacun prit sa place et se prépara à la tâche qui lui était allouée.

*

Vendredi 12 octobre 2007 - après-midi.

Décidément, l'été n'en finissait pas, le soleil offrait toujours ses chauds rayons et l'anticyclone restait calé sur la France. Phil étant au volant,

François relisait une nouvelle fois la déclaration de la disparition de madame Fatou Kérity-Diop. Après avoir contourné la ville de Pont-l'Abbé, à la sortie de Plomeur, François lui rappela qu'il fallait tourner à gauche dans les virages afin de se diriger vers le port du Guilvinec.

Après le carrefour de Pendreff, ils quittèrent l'avenue de la République pour tourner à gauche en direction de Tréffiagat et rendre visite à la gendarmerie, rue de Lagat Yar. La déontologie voulait qu'ils informent leurs collègues de l'enquête qu'ils menaient sur leur territoire. Ils n'apprirent rien de particulier mais eurent confirmation de ce qu'ils connaissaient déjà. Chacun savait aussi que, dans les mois et les années à venir, police et gendarmerie ne feraient plus qu'un seul corps dépendant du ministère de l'Intérieur, autant travailler ensemble et se montrer plus efficace que de travailler chacun de son côté.

Ils se dirigèrent ensuite vers le centre-ville, découvrant ici et là des maisons colorées de jaune, vert, rose ou bleu. Ces couleurs faisaient leur apparition un peu partout en Bretagne, Le Guilvinec n'y échappait pas. Elles remplaçaient progressivement le ravalement blanc, traditionnel dans la région… Déjà rue de la Marine, ils prirent à gauche pour descendre vers le port et se garer devant le magasin de marée de Jacques Kérity.

Phil et François s'attendaient à une forte animation, mais ils se rappelèrent qu'on était en fin de semaine, l'activité devait donc être moins intense. Ils entrèrent dans le local portant l'enseigne de la société de marée, quelques hommes et femmes découpaient des filets de poisson qu'ils disposaient sur de la glace pilée dans des caisses en polystyrène. À leur demande de voir leur patron, une femme désigna un coin vitré qui devait être le bureau. Au premier plan, un homme travaillait visiblement sur des commandes tandis que, plus au fond, Jacques Kérity discutait au téléphone, l'air préoccupé. Quand il reconnut Phil, il se hâta de terminer sa communication et s'empressa de venir à la porte du bureau pour les recevoir.

— Vous avez des nouvelles ? demanda-t-il, inquiet, n'écoutant même pas Phil présenter François.

— Pour l'instant, rien. Mais nous avons transmis le signalement tous azimuts. Nous passons simplement récupérer le micro-ordinateur de votre épouse.

— Justement... je ne comprends pas... j'ai fouillé tout l'appartement et toute la maison et je n'ai rien trouvé.

— Comment ça, cela voudrait-il dire qu'elle l'a emporté avec elle ? C'était dans ses habitudes ?

— Il lui arrivait parfois de profiter du temps de trajet en train pour avancer un peu son travail, c'est ce qu'elle a sans doute dû faire...

— C'est bien dommage. Pas de trace de son téléphone mobile, non plus ?

— Non, ceci est moins surprenant car elle le portait toujours sur elle.

— Pouvez-vous nous indiquer comment se rendre à votre maison ?

— D'ici, c'est très simple, vous allez suivre le quai à gauche en sortant, vous tournez à l'angle où vous remarquerez le restaurant *Le Poisson d'Avril*, vous arriverez sur la rue de Men Meur que vous empruntez jusqu'à la corniche du même nom. La rue se prolonge ensuite par la rue Jules Guesde, là vous aurez la plage de la Grève Blanche sur votre gauche, vous dépasserez des aires de jeux et, un peu plus loin, vous verrez, toujours sur votre gauche, des cyprès, c'est un peu après… Tenez, voici ma carte de visite avec l'adresse exacte…

— Bien, merci. Vous avez demandé à vos voisins si quelqu'un l'avait vue ?

— Non. Je n'ai fait que fouiller la maison et je suis reparti.

L'homme restait insondable, difficile de savoir ce qu'il pensait réellement.

Pour François, son inquiétude n'expliquait pas totalement son comportement, car au-delà de la crainte compréhensible de la disparition, il paraissait mal à l'aise, mais pourquoi ?

Tout au bout des magasins de marée et de la criée, Phil repéra sur la droite le restaurant indiqué par Jacques Kérity. Il eut à peine le temps de jeter un regard vers la gauche et d'apercevoir le phare blanc et rouge qui porte le nom de Guilvinec et marque l'entrée du port, ainsi qu'un petit bateau de pêche qui filait entre les deux digues d'accès au port.

Un peu plus loin, ils apprécièrent le fameux panorama de la corniche de Men Meur. Il incarnait la Bretagne traditionnelle, en voie de disparition : la mer, le granit en figure de proue face aux assauts du large, autant de symboles puissants ici, sans oublier ces maisons qui échappaient encore à la pression immobilière… Tout le charme du littoral sous la très belle lumière de cette époque automnale quand le paysage retrouve le silence, après l'agitation estivale.

Ils n'éprouvèrent aucune difficulté pour s'arrêter devant la maison de Jacques Kérity. Tout était clos. Ils demandèrent aux voisins situés de part et d'autre quand ils avaient vu pour la dernière fois l'épouse de Jacques Kérity. Les réponses furent évasives : entre une dizaine de jours, pour les uns, et plusieurs semaines, pour les autres. Quant à la connaissance qu'ils avaient de cette jeune femme, elle paraissait plus que limitée, voire inexistante, et une totale méfiance semblait s'établir dès les premières questions, bloquant de fait toute discussion.

Cette esquisse d'enquête de voisinage n'apporta rien, si ce n'est que la jeune femme ne devait guère se mêler à la population locale ni même entretenir la moindre relation. Ils quittèrent les lieux sous le regard inquisiteur des voisins, perturbés par cette intrusion et ces drôles de questions.

Puis ils empruntèrent la rue de la Marine, non loin de la mairie, pour rencontrer Guy Trémeur, en espérant qu'il soit là ; ses nombreux commerces étant installés dans plusieurs villes, rien n'était certain.

Par chance, la vendeuse leur annonça qu'il se tenait à son bureau, tout au fond du magasin. Ils s'avancèrent vers l'endroit indiqué où l'homme quitta son siège pour les accueillir. Les présentations effectuées, l'homme resta perplexe et ne cacha pas sa surprise, Phil intervint aussitôt :

— Pouvez-vous nous accorder quelques instants ? Nous aimerions vous poser quelques questions…

— Oui… heueueu… oui. Venez par ici, suivez-moi, nous serons plus tranquilles à l'appartement, à l'étage.

Il les conduisit par un petit escalier en bois à l'étage et débouchèrent sur une très belle pièce ovale aux murs tapissés. Au centre, fauteuils en cuir et table ; dans un coin, un guéridon supportant un échiquier en marbre, était flanqué de deux chaises en vis-à-vis, une lithographie trônait au-dessus de la cheminée de décoration près de laquelle s'élevait, d'un cache-pot en osier, une belle plante verte ; au sol, un dallage recouvert de tapis ; le tout, superbement ensoleillé. De grandes baies vitrées donnaient sur une terrasse où de nombreux pots de fleurs, jardinières et arbustes protégeaient de la vue du voisinage. Malgré l'animation extérieure, aucun bruit ne leur parvenait, démontrant que l'insonorisation était parfaite.

L'homme, de taille moyenne, mince, plutôt élégant, le teint hâlé, des cheveux blonds et courts, ne ressemblait en rien à son ami, Jacques. Si l'un travaillait dans le froid et la glace et ça se voyait, Guy Trémeur, lui, ne devait connaître que l'ambiance feutrée de ses magasins. Sa voix, pensa Phil, était extrêmement agréable. Il portait un costume à fines rayures, impeccablement coupé. Chez cet homme, tout était policé : sa tenue vestimentaire, ses gestes, sa manière de parler, ce sourire perpétuel qui ne semblait jamais abandonner son visage. Il les invita à s'installer au salon, mais déjà, bien des questions semblaient le tracasser :

— Que se passe-t-il ? demanda-t-il, à la fois inquiet et visiblement dubitatif face à cette visite impromptue.

— Vous n'ignorez pas l'objet de notre visite…

— Mais si, je vous assure !

— Pourquoi, il lui est arrivé quelque chose ?

— Non, pas à lui, mais à son épouse.

— Quoi, Fatou ? Que lui est-il arrivé ?

— Ne nous dites pas que votre ami ne vous a pas appelé avant de venir nous voir !

— Je peux vous jurer que non ! Dites-moi tout, car je n'ai pas eu Jacques depuis plusieurs jours... Oui, c'était même le week-end dernier, alors... si vous m'expliquiez ? Ah, excusez-moi quelques instants, je dois me faire ma piqûre d'insuline... Mon diabète qui ne me lâche pas...

Il s'isola quelques secondes et revint vers eux après s'être fait son injection.

— Cela fait longtemps que vous souffrez du diabète ?

— Trois ans, mais je fais très attention... Revenons à Fatou, que lui est-il arrivé ?

— Nous allons y venir, mais avant nous aimerions que vous nous parliez de madame Kérity.

— J'ignore ce que vous voulez savoir...

Guy Trémeur se trouvait de plus en plus embarrassé.

Au départ, il avait feint de s'installer de façon décontractée dans un fauteuil mais, à la façon de croiser et de décroiser ses jambes, de se frotter les mains, il semblait redouter les questions que les OPJ allaient lui poser.

— Pour vous simplifier les choses, commençons depuis le départ, puisque Jacques Kérity nous a indiqué que c'est grâce à vous qu'il a rencontré celle qui est devenue son épouse.

— Oui. C'est exact. Tout est parti d'une soirée bien arrosée où, avec un autre ami commun...

— Jean-Paul Kerlarun ?

— Oui. C'est bien de lui dont j'allais parler, dit-il, après avoir marqué deux ou trois secondes d'hésitation et de surprise, puis il poursuivit : nous avons provoqué notre ami Jacques afin de l'aider à trouver une femme. C'est ainsi que je me suis mis sur Internet et les serveurs spécialisés dans les rencontres. Après de nombreux contacts visiblement inintéressants, je lui ai découvert Fatou ; alors que je croyais qu'il allait la rejeter, il s'y est intéressé très sérieusement…

— Pourquoi vous disiez-vous qu'il allait la rejeter ?

— Eh bien… parce qu'elle était noire… peut-être.

— Votre ami est raciste ?

— Oh non, non, pas du tout, ce n'est pas ce que je voulais dire. Non, Jacques est la crème des hommes, c'est plutôt le genre « bon nounours », vous savez, malgré son imposante apparence. C'était une rencontre aussi belle que l'orpailleur découvrant une pépite, la veille du jour où il allait renoncer à ses recherches. Bref, toujours est-il qu'il a pris la relation très au sérieux, au point de la rencontrer physiquement cette fois et d'aller plus loin, car il s'est finalement marié avec elle.

— Parlez-nous de madame Kérity.

— Fatou est une femme superbe d'abord, taille mannequin, beaucoup de classe, de charme aussi, intelligente, d'un bon niveau intellectuel.

— Vous ne manquez pas d'éloges pour elle, vous la connaissez si bien que ça ?

Guy Trémeur rougit quand Phil lui posa cette dernière question. Alors qu'il commençait à se détendre, il s'agaça de nouveau et trépigna dans son fauteuil. De plus, il ne semblait pas voir où les policiers voulaient en venir, ce qui l'inquiétait particulièrement, à l'étonnement des deux OPJ.

— Nous sommes trois amis d'enfance et nous nous voyons très souvent, si bien que nous avons eu tout loisir de rencontrer Fatou à de très nombreuses reprises. Comme elle n'a pas de famille en France, nous avons été les témoins lors de leur mariage, moi pour elle et Jean-Paul pour Jacques…

— Vous voulez dire qu'il n'y avait personne de son côté à son mariage ?

— Non, effectivement, personne ! Ses parents sont pauvres et en mauvaise santé et ses frères et sœurs ne lui parlent plus depuis qu'elle est venue s'installer en France ! Alors, pour elle, c'était simple. Elle le regrettait bien d'ailleurs, mais c'était ainsi. Je la trouve extraordinaire de par ses capacités d'adaptation en France et, qui plus est, à réussir dans la vie ; elle est brillante, vraiment… Mais pouvez-vous me dire pourquoi toutes ces questions ?

— Madame Kérity a disparu et monsieur Kérity est venu nous le signaler ce matin au commissariat. Il est très inquiet aussi, vous comprendrez qu'il nous paraît normal de venir interroger ses proches afin de savoir quand ceux-ci l'ont vue pour la dernière fois.

Le choc fut violent, il marqua le coup, comme terrassé. Ou il était sincère, ou c'était un excellent comédien !

Phil et François pensèrent qu'il était sincère et ignorait réellement tout de cette situation. Ils se demandaient, par contre, pourquoi le premier réflexe de son ami n'avait pas été de l'appeler. Guy Trémeur restait abasourdi et immobile, comme sonné par l'information.

— Vous a-t-elle appelé récemment ?

— Heueu… non, je n'crois pas, je n'm'en souviens pas.

— La dernière fois que vous l'avez vue, comment l'avez-vous trouvée, avez-vous remarqué quelque chose de particulier ?

— Non. Vraiment, non. Nos trois couples se sont réunis, pour déjeuner au restaurant, dimanche dernier. Nous avons beaucoup parlé comme nous le faisons habituellement. Fatou était en pleine forme, rieuse et toujours aussi belle, capable de parler de n'importe quoi avec élégance.

— Je m'interroge au sujet des compliments que vous lui accordez sans cesse. Jacques Kérity et son épouse, Fatou, vont-ils bien ensemble ? Je veux dire, sont-ils bien assortis… enfin, s'entendent-ils bien ?

— Ils s'adorent, c'est visible, il est complètement fou d'elle, comme personne n'aurait jamais pu imaginer et… je pense… que c'est réciproque… Quant au physique, c'est une autre question.

Cette hésitation sur la réciprocité des sentiments n'échappa pas aux OPJ qui n'insistèrent pas sur ce point car, au même moment, un bruit de porte attira leur attention. Une femme venait de faire son entrée, portant un sac qui devait contenir des courses. Guy Trémeur se leva aussitôt et s'empressa d'apporter des précisions à celle qu'il présenta comme étant son épouse, une petite femme d'un physique relativement anodin, classique dans sa tenue que rien ne distinguait vraiment. Assez éloignée de son époux par son style. Son visage ascétique était sillonné par une fine toile de rides, de nombreux cheveux blancs parsemaient sa coiffure châtain. Ses yeux semblaient deux lacs placides qui ne reflétaient aucune émotion.

— Ces messieurs de la police viennent à propos de la femme de Jacques.

— Oui, et alors ?

— C'est-à-dire que…

— Madame Trémeur, connaissez-vous bien madame Kérity ?

— Cette grande sauterelle noire ?

— Mon minou, s'il te plaît, implora monsieur Trémeur, se couchant comme une carpette devant son épouse.

— Vous ne faites pas dans la dentelle, Madame ! Jusqu'à présent, madame Kérity nous a été présentée comme une femme plutôt intelligente, belle, cultivée… Que sais-je encore…

— Une pute oui ! Si vous voulez mon avis.

La réplique de madame Trémeur n'avait rien de courtois ni de charitable, mais sa sincérité était certaine !

Monsieur Trémeur, qui connaissait désormais la raison de la visite des OPJ, se confondit en excuses pour les propos tenus par son épouse et implora cette dernière de s'abstenir de commentaires désobligeants. Il lui lança un regard noir qui l'interpella.

— Quels sont les éléments qui vous permettent d'utiliser de tels propos, Madame ?

— Excusez-moi, c'était une expression sans fondement réel. Pour moi, MADAME KÉRITY, dit-elle en insistant sur le titre, sait parler aux hommes et se montrer aguicheuse… Depuis qu'elle est là, les trois hommes ne voient plus que par elle, il n'y a plus que Fatou par-ci et Fatou par-là, mais, à mon avis…

Elle regarda à nouveau son époux qui ne cessait de lui adresser un regard sombre afin qu'elle cesse ses réflexions à l'emporte-pièce.

— Oui ? À votre avis ? insista l'OPJ.

— Je n'sais plus c'que je disais, et qu'est-ce que vous lui voulez ? demanda-t-elle, réalisant la bêtise de son comportement et regrettant sa spontanéité.

Phil lui expliqua la situation. Cette fois, elle marqua le coup à son tour. Visiblement, elle n'avait pas compris ni imaginé une telle situation et ignorait totalement sa disparition. Cette femme paraissait trop sincère et trop directe pour jouer la comédie. Jacques Kérity ne l'avait pas tenue informée de son inquiétude, pas plus que son époux, c'était évident.

— Quand avez-vous vu madame Kérity pour la dernière fois ?

— Dimanche dernier, nous avons déjeuné tous ensemble comme nous le faisons de temps en temps.

— Avez-vous remarqué quelque chose de particulier à cette occasion ?

— Non. Rien. Elle était comme d'habitude… Jacques buvait ses paroles et partageait ses rires, comme ses deux copains d'ailleurs…

Elle confirma les propos de son époux quant à ce déjeuner, écorchant une nouvelle fois au passage l'admiration de celui-ci pour cette femme qu'elle continuait à considérer comme légère, sans pouvoir justifier le moindre de ses propos. Phil et François considérèrent cette attitude plutôt comme induite par un sentiment de jalousie, tout au plus. Elle confirma l'affection sans borne de monsieur Kérity vis-à-vis de son épouse et aussi que, sur la ville, peu de monde avait accepté ce mariage. Elle finit par reconnaître que Fatou était une grande et belle femme, pleine d'allant et de charme qui paraissait plus que son âge.

Ne pouvant recueillir plus de renseignements sur la disparition de la jeune femme, les deux OPJ prirent congé en laissant leur carte de visite afin que le couple les tienne informés si quoi que ce soit leur revenait ou s'il apprenait une information particulière.

En sortant du magasin, ils appelèrent aussitôt Jean-Paul Kerlarun afin de lui annoncer leur visite. Celui-ci proposa de les rencontrer, non pas à la société de transport, mais à son domicile à Léchiagat où il se rendait immédiatement. Dans la voiture, Phil et François reparlèrent de l'ambiguïté de comportement du couple qu'ils venaient de quitter. Ils ne cachaient par leur impatience à rencontrer le troisième homme…

En rejoignant la rue Jacques de Thézac, François ne put s'empêcher de faire un commentaire à Phil sur le personnage qui donna son nom à cette rue, question de le distraire :

— Jacques de Thézac, philanthrope d'origine orléanaise, passionné de yachting à la fin du XIXe siècle, fréquentait tous les ports de Cornouaille et apprit à aimer les marins bretons et ceux du Guilvinec, en particulier. Il fut touché par leurs qualités humaines, leurs souffrances dans les barques sans pont et leur résignation devant les coups du sort. Il découvrit chez beaucoup d'entre eux les méfaits de l'alcool qu'il attribua à leur inactivité au cours des longs mois d'hiver, tout près des cabarets du port. Aussi, pour les détourner de cette tentation, il imagina des maisons spacieuses qui les accueilleraient en leur offrant des distractions et de la lecture. Les Abris du Marin, *Ti ar Martolod*, étaient nés. Après un essai à l'Île de Sein, le premier d'entre eux fut construit au Guilvinec. Son succès fut immédiat, quinze autres furent construits sur le littoral breton. Les mentalités et les conditions de vie ayant fortement évolué, il fermera ses portes en 1985… La municipalité a acheté le bâtiment, depuis 2002, c'est devenu une médiathèque.

— Je vois bien, c'est écrit dessus, se contenta de répondre Phil, déjà absorbé par cette nouvelle enquête.

François n'insista pas davantage sur ce sujet, Phil ne semblait pas d'humeur à découvrir les particularités de la région, trop préoccupé par cette disparition qui le troublait. Leur voiture dépassa un chantier naval pour emprunter le pont menant à Léchiagat. Juste après le pont, sur la gauche, Phil s'étonna d'un bâtiment, en forme de tour carrée, peint en blanc avec une bande rouge du haut en bas d'une face.

— C'est le repère pour les bateaux qui s'alignent dessus pour rentrer au port… Tu vois, au fond là-bas, à l'entrée du port, le phare rouge et blanc, c'est le symbole de l'activité du Guilvinec.

Le port de pêche apparaissait à présent sur leur droite avec, tout d'abord, son espace plaisance tandis que, sur leur gauche, bars et restaurants se suivaient. Au loin, toujours sur leur droite, un élévateur bleu dominait la pointe de Léchiagat.

Rapidement, ils tournèrent sur leur gauche et empruntèrent les ruelles étroites pour atteindre la côte au niveau de la plage de Léhan, la plage du mégalithe, où ils découvrirent sans difficulté la belle maison de Jean-Paul Kerlarun. Elle dressait face à la mer sa façade immaculée, relevée de parements en granit, sous un toit recouvert d'ardoises, architecture classique en ces lieux. Il venait juste d'arriver et il sortait de sa voiture tandis que son portail automatique se refermait en faisant clignoter une lumière orange.

Ils lui firent signe et il comprit aussitôt qu'il s'agissait de ses visiteurs. Il les invita à emprunter le portillon et à le rejoindre à l'entrée de la maison. L'homme était plutôt petit, moins d'un mètre soixante-dix, rondouillard, rougeaud, tout en bajoues, chauve : un physique quelconque. « Il n'a rien de la classe de Guy Trémeur ! » pensèrent-ils aussitôt. Décidément, ces trois amis étaient bien différents, en tout cas, physiquement. D'entrée, Kerlarun se montra mal à l'aise et gauche dans sa démarche. Ils se demandèrent s'il avait eu connaissance de la disparition de Fatou ou s'il avait été informé du but de leur visite par Guy ou Jacques…

L'homme se montra, malgré tout, jovial et les invita à s'installer dans un luxueux salon face au grand large.

Aux murs, des étagères alignaient gondoles, pagodes, poupées créoles, matriochkas… autant de souvenirs de voyages sans doute, comme pour créer une collection, ce qui frappa Phil et François.

Il leur avoua être un grand amateur de café et leur en proposa. Sans perdre de temps, il prépara trois tasses en cuisine et vint s'installer avec eux, interrogatif. L'homme mit rapidement terme à l'échange de politesse. Il posa sa tasse, peu sûr de lui, pourtant, assis de l'autre côté de la table basse, il rayonnait d'une certaine autorité.

— J'imagine que vous connaissez la raison de notre visite ? commença Phil.

— Je m'en doute un peu…

— Ah ? Alors, à votre avis ?

— C'est sans doute encore un de mes chauffeurs qui a dépassé le temps de conduite ou n'a pas respecté…

— Non. Pas du tout, le coupa-t-il tout net. Nous souhaitons que vous nous parliez de Fatou… Fatou Diop, épouse Kérity. Vous savez, l'épouse de votre ami, Jacques Kérity…

Son étonnement fut total et l'expression de son visage ne laissait pas imaginer une seule seconde que sa surprise puisse être feinte.

— Fa… Fatou… mais pourquoi ?

Mille questions semblaient venir se bousculer dans son esprit au point qu'un certain affolement se percevait dans son regard. Peur ? Mais de quoi ?

— Quand l'avez-vous vue pour la dernière fois ?

— Le week-end dernier, nous avons déjeuné tous les six… Que se passe-t-il ? demanda-t-il, véritablement inquiet.

— Son époux, Jacques Kérity, est venu ce matin nous signaler sa disparition.

— Sa disparition… mais comment ça ? Il paraissait de plus en plus perturbé par cette annonce.

— Elle n'est pas rentrée à son domicile. Son époux est inquiet, si bien que nous avons pensé venir voir ses deux meilleurs amis pour savoir s'ils disposent d'une information quelconque pouvant nous aider. Jacques Kérity ne vous a pas appelé ?

— Non, répondit-il, en secouant la tête, toujours sous le choc.

— Guy Trémeur ne vous a pas informé de notre visite, non plus ?

— Pourquoi ? Il est au courant, lui aussi, il sait quelque chose ?

Il paraissait de plus en plus abasourdi, sonné et inquiet à la fois… À quoi pouvait-il bien penser ? se demandèrent les deux OPJ.

— Il ne semblerait pas, il ne nous a rien appris en tous les cas. Et vous, quels étaient vos rapports avec Fatou ?

— Mes… mes rapports avec Fatou, que voulez-vous dire ?

Il venait de rougir et son regard se montra fuyant. Après un long moment d'hésitation, il parut se ressaisir, il répondit :

— C'est une femme très sympathique, belle, dynamique et Jacques l'aime beaucoup… Voilà, que puis-je vous dire d'autre…

— Et votre épouse, comment l'apprécie-t-elle ?

— Elle paraît tellement à l'aise que ma femme, comme celle de Guy Trémeur, ne l'aime pas beaucoup, mais je dirais qu'il ne s'agit que d'une pure jalousie de femme. Elle s'impose tellement et, pour nos épouses, se faire éclipser par une Noire en plus…

— Pourquoi « en plus » ?

— Heu, non… ce n'est pas ce que j'ai voulu dire… Enfin bref, elles sont jalouses d'elle !

— Mais pour quelles raisons ? C'est l'épouse de Jacques, et chacun d'entre vous vit en couple, alors quel est le problème ?

— Il n'y a pas de problème... mais elle est toujours remarquablement habillée, maquillée et a un comportement très libre qui doit agacer nos épouses respectives, voilà, c'est ce que j'ai voulu dire, et ça s'arrête là, conclut-il en guise de mise au point.

— Son comportement « très libre », selon votre expression, voudrait-il signifier qu'elle puisse tromper son époux ou vivre une vie dissolue ?

Une nouvelle fois, il rougit jusqu'aux oreilles, pétrifié sur son siège, ne sachant plus comment s'en sortir. Il prit le temps de la réflexion pour éviter de prononcer le moindre mot qui, une nouvelle fois, viendrait se retourner contre lui.

— Non. Pas du tout. C'est une femme charismatique qui brille en société et, pas une seule seconde, il ne me viendrait à l'esprit qu'elle puisse tromper son époux. Ils sont fous l'un de l'autre et ne le cachent pas. Tout le monde pourra vous le dire. Pas question de vie dissolue.

— Comment expliquez-vous que votre ami de toujours, Jacques Kérity, ne vous ait pas téléphoné ?

— J... Je... Je ne me l'explique pas, justement, lâcha-t-il comme pour se soulager, mais toujours aussi embarrassé.

— Durant ce repas, avez-vous remarqué quelque chose de particulier, paraissait-elle inquiète, préoccupée ?

— Non. Pas le moins du monde ! Toujours aussi enjouée, gaie, resplendissante. Et on fêtait la fin prochaine de la société d'armement et la perception des primes. C'était plutôt le bonheur, plus d'inquiétude sur la hausse du prix des carburants ni sur la baisse des captures ! Nous allions bientôt nous partager une somme rondelette, le temps de rembourser les crédits et de payer ce qui était dû. Au cours du repas, nous avons même blagué sur le fait de nous rendre tous les six en Afrique, dans le port de Saint-Louis au Sénégal, avec elle et chez elle !

— Et alors ?

— Rien. C'était pour blaguer et c'était à la fin d'un repas copieusement arrosé, tout le monde riait.

— Même vos épouses ?

— Bien sûr ! Je puis vous assurer qu'il n'y avait aucune ombre au tableau quand nous nous sommes séparés. Jacques est rentré avec Fatou à Quimper, elle conduisait le nouveau 4x4 qu'il venait de lui offrir, un splendide Volkswagen Tiguan noir. Et depuis, nous ne nous sommes pas revus ni appelés.

— Où se déroulait ce repas ?

— Au *Poisson d'Avril*, c'est tout au bout du port, presque en face de la terrasse panoramique Haliotika et du phare de l'entrée du port. Mais l'entrée principale se situe rue de Men Meur.

Phil et François se souvenaient avoir déjà entendu citer ce restaurant en quittant Jacques Kérity, car ils étaient passés devant sa terrasse pour rejoindre la rue de Men Meur en quittant le quai d'Estienne d'Orves pour se rendre à la maison de la Grève Blanche.

Le reste de l'entretien n'apporta plus la moindre information aux deux OPJ. Plus que Guy Trémeur, Jean-Paul Kerlarun paraissait angoissé par l'annonce de cette information sur la disparition de Fatou. Que cachait cela, pourquoi cette attitude gênée, voire ambiguë, chez les trois amis ? Les deux OPJ pressentaient quelque chose mais ils ne pouvaient en dire plus.

Ils reprirent la route en direction de leur bureau de Quimper en se reposant de nombreuses questions sur ces entretiens qu'ils venaient d'avoir, curieux et parfois contradictoires.

En arrivant, ils en parlèrent avec Joël Le Traon. Ce dernier ne comprenait pas non plus cette zone d'ombre dans le comportement des deux amis de Jacques Kérity. Il resta perplexe, ne voyant pas d'explication particulière. De son côté, il avait lancé toutes les réquisitions mais, en raison du week-end, il ne fallait pas se faire d'illusion, il ne connaîtrait les premiers résultats, au plus tôt, que lundi. Quant aux renseignements pris dans les gares, il exposa rapidement la situation :

— Fatou Kérity a bien pris le train en direction de Paris. Elle est bien arrivée gare Montparnasse où, comme à ses habitudes, elle est allée prendre un café tout près du magasin de presse. Mais personne ne se souvient de l'avoir vue s'en aller. Est-elle repartie seule ? Quelqu'un est-il venu la chercher ? Là, c'est l'inconnu. Le soir, personne ne l'a vue non plus. Elle passait souvent, pour ne pas dire à chaque fois, au relais H de la gare, pour s'acheter pour le retour, un roman policier dont le récit se déroule en Bretagne et parlait toujours avec l'une ou l'autre des employées du relais, mais, l'autre soir, pas de visite.

— Eh bien, c'est simple, cela signifie qu'elle se trouve à Paris… Rien de plus facile que de chercher une jeune femme noire dans la capitale ! On y va quand ? demanda Phil, sur le ton de la plaisanterie.

Ils échangèrent encore durant quelques minutes avant de rejoindre le bureau du patron pour lui rendre compte.

Celui-ci se montra dubitatif après les avoir écoutés.

— Si je comprends bien, selon les uns, c'est une sainte, alors que, selon les autres, c'est une dévergondée ! Cependant, tout le monde s'accorde pour dire qu'elle est belle et attirante, vous voulez mon avis ? demanda-t-il, puis sans attendre la moindre réponse, il affirma : elle a décidé de s'accorder une pause parisienne et maintenant, de deux choses l'une : soit elle rentre gentiment dans quelques jours, soit elle décide de vivre une autre idylle et donnera son congé à son époux et l'affaire sera classée ! Vous n'êtes pas d'accord ?

François et Joël approuvèrent d'un large sourire tandis que Phil restait dubitatif.

— C'est curieux, je ne peux pas me faire à cette idée. Cette femme, d'après ce que l'on sait, ne voulait plus vivre à Paris. Elle était heureuse de se marier avec Jacques Kérity, le milieu de la pêche et la côte lui plaisaient, elle se retrouvait dans un milieu aisé et semblait ne manquer de rien, songez à son 4x4. Non, excusez-moi, mais il y a quelque chose qui cloche… Cette histoire va me bouffer mon week-end. Voyez-vous, je crois en la sincérité de cette femme, je ne la vois pas faire « la fille de l'air », sans raison, brutalement, sans prévenir. Non, à bien y réfléchir, vous verrez, ce n'est pas normal.

Pressés de s'en aller, François et Joël avaient déjà ramassé leurs affaires et quittaient le bureau. Phil se retrouva seul avec le patron.

— Allons, Phil, ne te laisse pas pourrir la vie par cette affaire, tu verras, elle réapparaîtra, toute seule… Au fait, comment va Gwen ?

— Pour l'instant, ça va. Ça pousse ! Et elle le vit très bien.

— L'heureux événement est prévu pour quand déjà ?

— À la mi-novembre…

— Et vous connaissez le sexe ?

— Oui, ce sera une petite fille et elle s'appellera Clémence, le prénom de son arrière-grand-mère maternelle que mon épouse aimait beaucoup.

— Ça y est, tout est déjà arrêté ?

— Tu sais bien que, maintenant avec le progrès, on connaît tout à l'avance !

— C'est vrai ! Allez, ne te prends pas trop la tête avec cette affaire et passe un bon week-end, je suis sûr que tout va rentrer dans l'ordre sans tarder !

2

Lundi 15 octobre 2007.

Dans son appartement de Quimper, Jacques Kérity passait un week-end angoissé à ronger son frein, vautré dans son canapé, les téléphones, fixe et portable, à portée de main. Il guettait l'appel de sa femme comme l'insomniaque, dans son lit, l'apparition du jour. Il s'assoupissait parfois et se revoyait quand il était gosse. Il jouait avec Jean-Paul tandis que leurs parents travaillaient sur le port à la marée, dans le poisson, ils rentraient imprégnés de l'odeur écœurante de celui-ci. Il se rappelait que ces effluves étaient devenus partie intégrante de leurs vêtements, de la chambre dans laquelle ils dormaient, de la voiture qui les transportait. Il se rappelait qu'il détestait cette odeur et vouait alors une haine féroce à tout ce qui touchait à la pêche et au poisson avant de l'accepter et de l'aimer, à son tour, quelques années plus tard.

En fin de semaine, c'était plus calme, les parents se retrouvaient pour boire et manger et les deux enfants jouaient ensemble, les rejoignait alors souvent Guy, un copain d'école très gentil dont le père était un important commerçant de la ville. Il revoyait Guy avec son appareil dentaire. Il était le seul à en porter : pour tous les parents des autres enfants, c'était trop cher et inutile. Les clients dans la boutique n'étaient jamais avares du dernier potin de quartier, aussi avait-il toujours quelque chose à leur raconter.

L'alcool coulait à flots et les repas étaient gargantuesques. Il fallait dire qu'en ce temps-là, le marché du poisson était porteur, les prix intéressants, pas besoin d'être gestionnaire pour gagner de l'argent, beaucoup d'argent. La croissance et l'inflation masquaient le tout. Les cigarettes succédaient aux cigarettes tout au long de la journée et la nuit se terminait par de somptueux cigares dont les enfants qu'ils étaient ne supportaient pas l'exhalaison, exécrable mais qui faisait la fierté des hommes. Du samedi au dimanche, ils riaient trop fort, parlaient beaucoup et, le week-end suivant, cela recommençait, chez les autres cette fois, à tour de rôle.

Son père possédait la plus belle affaire de mareyage. Il se distinguait par sa taille, son charisme, sa nonchalance, une certaine classe à laquelle peu de femmes pouvaient prétendre rester indifférentes. Aujourd'hui, si lui-même avait la même taille, il n'avait ni la même aisance, ni la même prestance et le regrettait bien.

Le père de Jean-Paul, lui, se préoccupait davantage de transport que de mareyage. Petit, brun, nerveux, tout en muscles, il avait une façon bien particulière de se déplacer; une seule chose comptait, son camion, puis… ses camions, toute sa vie…

Quant à Guy, sa mère était partie trop jeune, il n'avait plus que son père et celui-ci ne s'était jamais consolé, employant le reste de sa vie à développer ses boutiques et donner une bonne éducation à son fils unique.

Tous les trois, fils uniques, vivaient au Guilvinec et étaient attachés l'un à l'autre par des liens indéfectibles. Le Guilvinec où, à l'époque, de nombreuses femmes portaient encore la fameuse coiffe en forme de « pain de sucre » propre au pays bigouden. Tout le monde connaissait tout le monde: personne ne songeait à quitter Le Guil! L'école privée s'opposait à l'école laïque, mais comme en politique, on s'accordait pour n'en former « qu'un » en final. Les trois garçons grandirent ensemble… Jacques se souvenait encore du jour où il avait sauvé Guy de la noyade, pour un pari ridicule, mais cet épisode fut conservé secret par le trio.

Pendant longtemps encore, des images défilèrent dans sa tête et, soudain, il arriva à ce jour. Il ne comprenait pas ce qui lui arrivait. Qu'en pensaient Guy et Jean-Paul? Que s'était-il passé réellement? Toute son énergie était concentrée à l'intérieur de son corps, au point qu'il avait l'impression de la sentir se cogner contre les parois de sa poitrine. Soudain, il se figea; une expression désespérée et lasse s'inscrivit sur ses traits alors qu'il concentrait toute son attention sur son téléphone portable, attendant que se comble de nouveau ce vide laissé en lui.

Quand l'adrénaline eut déserté son corps, il se leva pour se rendre à la fenêtre et regarder la rue plus bas, espérant toujours la voir revenir de la gare de son pas léger. Mais rien. Pas la moindre ombre de Fatou. L'Odet coulait difficilement, ralenti par l'effet des grands coefficients de la marée au plus haut à cette heure.

Il ressentit alors cette certitude qu'elle ne réapparaîtrait jamais. C'était exactement ce qu'il éprouvait. Il se souvenait du moment où il l'avait embrassée pour la première fois, son corps s'était transformé en un immense brasier. L'excitation du premier baiser, la vraie nouveauté pour lui. Son goût. Son odeur. Ce corps si présent, si solide et si jeune qui se pressait contre le sien. Il ne s'était jamais senti aussi ivre et aussi nébuleux que durant cette période qui précéda leur mariage. À cette époque, la moindre absence de sa femme quelques journées lui pesait. Mais elle était si douée pour les retrouvailles !

Pourtant, il la voyait encore devant lui, il la regardait et, bien qu'il ne puisse distinguer ses yeux, en devinait le vide. Le vide, et aussi la culpabilité… Il lisait sur son visage un mélange d'espoir sans espoir et de résignation pathétique. Il sentait son parfum velouté et musqué à la fois, nettement oriental. Il se rappelait sans cesse sa voix, son sourire, cette gravité dans son regard. Il revoyait cette allure désinvolte des personnes qui ne doutent jamais d'elles ; elle était complexe et d'une réelle modernité ; le chemisier légèrement ouvert sur une fière poitrine, souvent, elle le regardait d'un air amusé.

Elle avait quelquefois des gestes du bras, comme pour exprimer son insouciance et lui dire que la vie la rendait joyeuse… Une jeune femme à la grâce de naïade. Elle vibrait avec cette volonté de jouir sans entraves de la vie, écartant pour cela tout tracas. Il aurait voulu s'approcher d'elle, la toucher. Il aurait voulu aussi sortir de cette pièce. Il aurait voulu la caresser, lui assurer qu'il était là et que tout irait bien à présent, que personne ne viendrait la perturber, la harceler. Qu'il ne fallait pas qu'elle s'inquiète, il était là pour la protéger, mais pourrait-il le lui dire un jour ? Il était là, sans voix, perdu…

Il pensa même, tout au fond de son âme, qu'il avait contribué à la mort de sa femme. Il le sentait. Il ignorait de quelle façon, mais éprouvait un sentiment familier de tristesse. Une petite voix, tout au fond de lui, répondait : « Tu vas l'apprendre ! » Il se répétait inlassablement : « Je t'aime. Je t'aime tellement et le jure devant Dieu. Tu es une femme superbe, une épouse modèle, ton absence sera comme un cancer et il finira par me tuer… » À cet instant, il eut même l'impression de sentir sa présence et sa douleur lui rendit finalement ses forces.

C'est cruel parfois, l'espoir…

Au fond, ce monologue intérieur n'était qu'une simple distraction, un tour de passe-passe mental pour empêcher son esprit de se briser comme une brindille. Il avait tellement envie de craquer, mais, en même temps, de supplier une puissance supérieure de lui accorder une seconde chance… qui ne viendrait peut-être jamais.

Très tôt le lundi matin, il avait repris les rênes de son affaire au port du Guil. Il téléphona à Phil qui venait tout juste d'arriver au bureau pour lui demander des nouvelles. Il y avait dans sa voix ce qui ressemblait à une note d'espoir. Phil lui assura que le maximum avait été fait, mais qu'il n'avait aucune nouvelle à cette heure. Jacques lui répondit qu'il n'avait rien de nouveau non plus. Cette disparition restait inexplicable.

— Vos deux amis ont-ils appris quelque chose ?

— Je ne sais pas. Non. Pas à ma connaissance.

— Vous ont-ils appelé ?

— Non.

— Et vous, les avez-vous appelés ?

— Non. Pour quoi faire ? Ce ne sont pas eux que j'attends, mais le retour de Fatou…

— Bien sûr…

Cette situation ne cessait d'interpeller Phil. Pourquoi ce blocage entre eux ? Que s'était-il passé ? Cette disparition avait-elle un lien avec leurs relations intimes ?

Joël et François arrivèrent à leur tour. Ils échangèrent sur le déroulement respectif de leur week-end devant un café fumant. Phil les informa de l'appel de Jacques Kérity et leur fit part de ce doute qui le minait depuis le départ, à propos de la relation subitement tendue entre les trois amis pourtant si solidaires, si liés depuis tant d'années, et ceci jusqu'au repas pris en commun le dimanche précédent. Que s'était-il passé au cours de ce repas dominical ? Quant à Joël, il s'agaçait, car il n'avait aucune réponse aux réquisitions faites le vendredi.

Ils se retrouvèrent ensuite, comme d'habitude, devant le patron, Yann Le Godarec. Mais, sans disposer de la moindre nouvelle information, il restait à relancer tous azimuts pour tenter de découvrir une éventuelle trace du passage de Fatou, notamment du côté des collègues de Montparnasse…

Si rien n'était découvert dans les quarante-huit

heures, il faudrait passer au stade de la disparition inquiétante et engager les procédures adéquates. Mais le patron avait le sourire. Il ne semblait pas perturbé par l'enquête qui occupait les trois OPJ et paraissait en forme pour attaquer la semaine. Il justifia aussitôt cette attitude enjouée :

— Bonne nouvelle, Messieurs, François et Phil se classent désormais premiers pour le meilleur taux d'affaires résolues dans les neuf premiers mois de l'année sur la région !

— Ça s'arrose ! lança aussitôt Joël, le regard brillant et, sans doute, un peu envieux de ses collègues.

Le patron fit un court exposé pour rendre compte de l'état imprimé sur son ordinateur le matin même et commenter quelques points.

Comme pour beaucoup de professions, leur métier avait basculé dans le monde de la performance, de l'évaluation, de coefficients de toutes sortes, mais tout ceci restait, pour l'instant encore, purement honorifique car les primes à attendre demeuraient très faibles, en tous les cas insuffisantes pour motiver qui que ce soit.

Phil et François se contentèrent de préciser qu'ils avaient toujours fait leur métier avec passion et sans se soucier de tel ou tel barème de mesure de leur activité et qu'ils continueraient à le faire de la même manière, objectifs ou pas !

Ce point traité, le patron voulut aussi leur rappeler les dernières consignes concernant les frais occasionnés par des enquêtes :

— Inutile de demander toute une panoplie d'analyses et d'examens comme celui de l'ADN, fort coûteux, si ceux-ci ne s'avèrent pas nécessaires, voire indispensables...

En matière de budget aussi, des critères d'objectifs et de résultats tombaient de tous les côtés chaque jour, ce qui fit bondir Phil :

— Si je comprends bien, il faudrait résoudre les affaires, mais sans frais et sans aide, tout au flair !

Mais où allons-nous ? Et ils pensent que nous allons réussir à cent pour cent comme ça ? Mais nous marchons sur la tête, ma parole ! Quand on sait que l'ADN, les empreintes digitales et la balistique sont les trois domaines qui ont enregistré des progrès proprement phénoménaux depuis dix ans grâce aux analyses comparatives ! Et si nous devenons plus performants, c'est bien en exploitant au mieux ces moyens existants !

— Eh oui, Phil, toujours plus et mieux avec de moins en moins de moyens, comme partout, au fond ! rajouta François.

Joël Le Traon ne dit rien, se contentant de secouer négativement la tête.

Quant au patron, il ne s'éternisa guère sur ce sujet qui fâche mais les encouragea à poursuivre leur action avec efficacité comme ils savaient si bien le faire, et remit à chacun un dossier exposant les dernières statistiques de la région.

De retour à leur bureau, chacun s'accorda quelques minutes pour les consulter ; il devenait impossible d'y échapper, alors, autant les étudier et bien s'en pénétrer, se dirent-ils.

Vers dix heures trente, les collègues de la gendarmerie du Guilvinec appelèrent François : une jeune femme avait été découverte dans l'arrière-port.

— Comme il s'agit d'une femme noire, nous avons tout de suite pensé à votre affaire !

— D'accord, le temps de prévenir le patron et nous arrivons !

Aussitôt, Yann Le Godarec demanda à François et Phil d'y aller et à Joël de relancer de toute urgence les réquisitions car l'enquête allait devenir judiciaire et il valait mieux avoir des billes au moment de s'adresser au procureur.

Voilà que l'enquête venait de prendre une nouvelle tournure. Phil ne cacha pas que, depuis le départ, il appréhendait une disparition dramatique sans trop savoir pourquoi, simple intuition sans doute. Le collègue gendarme leur avait préconisé de passer par la rue de la gendarmerie pour rejoindre la rue Ar Veilh Vor et ainsi arriver directement à l'extrémité de l'arrière-port où avait été découverte la victime.

— C'est le cimetière des bateaux, *ar vered bagoù*, où de nombreuses carcasses en bois achèvent leur lente et inexorable décomposition, cet espace attire toujours de nombreux artistes peintres, photographes et promeneurs, vous verrez bien, leur avait-il précisé.

En arrivant, ils découvrirent un immense attroupement entre le site du chantier naval et le pont enjambant le petit cours d'eau qui se jetait dans l'arrière-port. Voitures de pompiers, de gendarmerie et de particuliers se renvoyaient les lumières pivotantes des gyrophares, stationnées de façon désordonnée sur le terrain vague. Un gendarme les accueillit aussitôt et les dirigea vers la vasière où tout un périmètre avait été sécurisé. Les pompiers attendaient le signal pour enlever le corps.

Phil, François et le gendarme se suivirent aussitôt vers le lieu désigné. Au départ, le sol était encore ferme et ils marchèrent sur une végétation de saline jonchée de quelques espars et de bouts de cordages emmêlés, traînant ici ou là, ainsi que quelques bouteilles en plastique et déchets divers. Mais ils ne s'attardèrent pas à admirer ce magnifique site. Plus loin, quelques canots démembrés offraient leurs bordés disloqués et partiellement ensevelis dans la vase noire. C'est là qu'avait été découvert le corps. Ils s'arrêtèrent à quelques pas, leurs chaussures s'enfonçaient de plus en plus. Le médecin légiste et les techniciens de l'investigation criminelle de la gendarmerie, équipés de bottes, s'activaient, prenant de nombreuses photos.

— Nous devons faire vite, la mer remonte et, dans quelques minutes, elle sera ici, annonça le médecin.

— Alors Docteur, votre première impression ? demanda François.

— Pas beau à voir ! dit-il en revenant vers lui. Elle a été complètement défigurée. Le meurtrier s'est acharné sur son visage d'une façon incroyable. Quant à l'origine du décès, en l'état actuel des choses, seule l'autopsie me permettra d'en savoir plus.

— Bien sûr, je comprends.

— Le plus simple est de la prendre en l'état et j'étudierai chaque détail en la nettoyant et en l'examinant… Car là, je ne peux rien voir de précis, elle est apparemment toujours vêtue très correctement et porte aussi des bijoux, sa main gauche est enveloppée dans un bandage médical…

— D'accord. Je pense qu'il doit bien s'agir de la personne que nous recherchons, se contenta de préciser François.

Sur un signe, les pompiers vinrent rechercher le corps pour l'emporter à Quimper dans le local de l'institut médico-légal.

— Comment a-t-on découvert le corps ? demanda Phil au gendarme.

— C'est l'homme là-bas avec son animal, il se promenait le long de l'arrière-port et, à un moment, son chien est venu par ici et il ne voulait plus repartir. La mer s'était juste retirée, alors il s'est approché et a tout de suite compris. Il nous a appelés aussitôt de son portable. Il n'a rien touché et a attaché son chien. Nous sommes arrivés immédiatement, la gendarmerie est à moins de cinq minutes.

— Oui, nous avons pu le constater. Est-ce que ça s'est ébruité ?

— Pas pour l'instant ! Mais ça va aller vite… Dès que les gens parleront d'une femme noire, le rapprochement sera vite fait.

— Je m'en doute…

Phil et François parlèrent quelques instants encore avec le médecin légiste qui envisageait de travailler sur le corps dès son retour à Quimper. Ils s'adressèrent alors aux techniciens de l'investigation criminelle de la gendarmerie. Ces derniers considéraient que la femme pouvait avoir été jetée du petit pont qui enjambe le cours d'eau, à la faveur sans doute de la grande marée et d'une eau au plus haut, car pour l'essentiel du temps, l'arrière-port n'était que partiellement recouvert. Le corps n'avait dû parcourir que quelques dizaines de mètres avant de rester accroché aux restes d'un bateau disloqué et imparfaitement enseveli dans la vase. Sinon, le cours d'eau l'aurait conduit plus loin vers le port.

— À cet endroit, le lieu est plutôt désert et il faudrait estimer la date du décès ou de l'immersion pour définir à quel moment le corps aurait été jeté, ceci afin de questionner le voisinage.

— Cet ensemble de bâtiments, à droite du pont, de quoi s'agit-il ? demanda Phil au gendarme.

— C'est le Lycée Professionnel Maritime.

— Quand nous en saurons davantage, nous prendrons des dispositions pour les solliciter également.

Médecin et pompiers venaient de quitter les lieux, de nombreux badauds s'en allaient aussi à leur tour. Phil et François restèrent encore quelques instants avec les spécialistes et se rendirent au petit pont, tandis que la mer montait rapidement. Mais il leur fut impossible de relever quelques indices intéressants : traces de pas, de sang ou autres. Signe que la victime avait été tuée ailleurs et seulement précipitée dans l'eau ici. Dans les séries télévisées, les policiers découvrent toujours quelque chose. Hélas, la réalité est le plus souvent tout autre…

Ils interrogèrent ensuite l'homme qui avait découvert le corps, ce dernier ne put rien leur apprendre de particulier. Les journalistes arrivèrent à cet instant, François leur proposa de les appeler en fin de journée pour commenter la découverte. Pour l'instant, il était trop tôt pour en dire quoi que ce soit et il refusa de répondre aux questions qui fusèrent.

De leur voiture, ils appelèrent le patron, Yann Le Godarec, pour lui rendre compte. Ce dernier allait informer le procureur et il fut décidé d'attendre l'après-midi pour appeler Jacques Kérity afin qu'il vienne reconnaître le corps.

En début d'après-midi, ils retrouvèrent au commissariat Joël Le Traon qui se désolait toujours de ne pas avoir les renseignements qu'il avait demandés. Il lui avait été certifié, cette fois, qu'il les aurait le lendemain matin sans faute. Phil et François lui racontèrent ce qu'ils savaient sur la découverte du corps.

Le choc fut rude pour lui et il redoutait la réaction de Jacques Kérity, tout comme Phil.

Dans l'après-midi, ils se rendirent au local qui servait d'institut médico-légal. Le médecin s'activait dans cette petite salle d'autopsie, penché sur une froide table en inox située au milieu de la pièce. Sur un plateau, deux ou trois scalpels, des écarteurs, une scie circulaire et aussi de simples couteaux de cuisine.

Juste à côté, une antique balance d'épicerie et, disposés sur des étagères, des seaux en plastique posés par la police ou la gendarmerie, contenant des pièces à conviction. Joël Le Traon, qui y venait pour la première fois, ne put s'empêcher de se livrer à un premier commentaire en saluant le médecin légiste :

— Nous sommes loin des séries télévisées et à des années-lumière de la réalité qu'elles présentent, si je comprends bien.

— La vision télé de ces dernières années déforme tout. Quand on voit un spécialiste résoudre des crimes en quelques minutes à partir d'un poil ou d'une poussière sous les ongles d'une victime tout en évoluant dans un cadre high-tech avec du matériel d'avant-garde tout juste sorti des boîtes, ça me fait toujours bondir ! Ici, nous travaillons avec des bouts de chandelles, sans matériel radiologique, ni IRM pour détecter les fractures ou les lésions internes… Regardez avec quoi je mesure, une toise en bois d'une autre époque ! Et tout cela pour cinquante-cinq euros ! Ce que paye la justice pour établir un diagnostic de violence, un meurtre et fournir des éléments précis et, bien entendu, 24 heures sur 24 et 365 jours par an !

— Je vois, se contenta de répondre Joël, dépité. Et vous arrivez à étudier tous les cas tout de même ?

— J'étudie le mal, expliqua-t-il sur un ton badin qui ôtait à ses propos toute dimension mélodramatique, et j'en suis le profileur ! Car, voyez-vous, jeune homme, les meurtres sont en général brutaux et dénués d'imagination, pontifia le légiste rompu à tutoyer la camarde, le visage grave. Il renchérit aussitôt, sans reprendre son souffle : à cela, il faut ajouter le fait que je passe maintenant une partie de mon temps à me battre avec l'administration pour obtenir du matériel supplémentaire. À croire qu'ils n'en ont rien à faire ! Restrictions budgétaires, discours lénifiants et j'en passe… Pendant ce temps-là, je continue à bosser comme un con !

Phil et François connaissaient bien le légiste et savaient qu'il était dans sa nature de se laisser parfois aller à relâcher un peu de vapeur. Une façon certaine aussi d'extérioriser le stress du métier. Ils en souriaient d'autant plus qu'ils avaient toujours droit aux commentaires de ce genre quand un nouveau venait lui rendre visite, surtout lorsqu'il s'agissait de la première de celui-ci.

— Alors ? demanda Phil, sortant son bloc pour prendre quelques notes.

— Décès par strangulation. Pas d'eau dans les poumons. Mort sans violence physique, je veux dire sans bagarre. La victime aurait été endormie à l'aide d'un puissant somnifère. La destruction systématique du visage a eu lieu post mortem. J'ignore par quel moyen, masse, pierre, autre… En tous les cas, il a visiblement essuyé la fureur de l'assassin…

— Comment peut-on agir de la sorte ? Qui a bien pu faire ça ? se demanda Phil tout haut.

Mais le légiste poursuivait :

— D'autre part, si j'en juge par son corps, c'était indéniablement une très belle femme.

— Pourquoi cet acharnement sur son visage ? Cette violence vous fait-elle penser à une crise de jalousie ? demanda Joël.

— Pourquoi pas ? Quel intérêt autrement ? Une grande femme noire par ici, ce n'est pas si courant, on ne risque guère de faire erreur sur la personne même en lui détruisant le visage…

— C'est vrai. Autre chose ? demanda François. Le légiste enleva alors la couverture en plastique pour découvrir la jeune femme. Joël Le Traon crut se sentir mal, il devint livide et tenta de se contrôler au mieux pour ne pas faiblir devant les trois autres personnes qui continuaient à parler sans paraître perturbées.

— J'ai ôté le bandage de la main gauche, il cachait une blessure que je dirais faite au couteau ou quelque chose de ce genre.

— Oui, c'est ce que nous a dit celui qui doit être son époux. Elle s'était blessée en faisant la cuisine.

— Sinon, pas d'abus sexuel ni d'acte très récent. Pas de grossesse en cours non plus…

— Au moins pouvons-nous écarter l'obsédé sexuel ou un meurtrier de ce genre.

— En réalité, je n'ai rien remarqué de déterminant, si ce n'est qu'elle a séjourné dans l'eau depuis au moins trois ou quatre jours.

— Ce qui veut dire que la mort remonterait à jeudi ou vendredi ?

— C'est cela. Bien entendu, sous réserve des résultats d'analyses demandées. J'ai mis les bijoux qu'elle portait dans cette boîte. Les vêtements ne m'ont rien appris… Il faut dire que le séjour, même de courte durée, dans l'eau et la vase anéantit tout, j'ai fait de mon mieux, je les ai lavés délicatement, sans rien remarquer. Rien dans les poches, pas de papier, pas de portable, ni de clefs ou autres. Je pense vous avoir dit l'essentiel de mes constatations, pour l'instant.

— Bien, nous allons faire venir son mari et, en fonction, nous aviserons s'il y a lieu d'envisager d'autres analyses ou examens…

— D'accord, je vais dans mon bureau vous préparer un café pendant ce temps.

Phil appela Jacques Kérity ; celui-ci paraissait endormi. Il se trouvait dans son appartement à Quimper, épuisé par l'attente angoissante du week-end, il avait quitté son magasin vers dix heures pour se reposer et être près de son téléphone au cas où elle appellerait. Apparemment, il ignorait tout du corps découvert dans l'arrière-port du Guilvinec. Phil lui indiqua où se rendre. Jacques Kérity partit aussitôt avec le terrible sentiment qu'un désastre était imminent.

Ils l'attendirent tout en prenant le café, presque sans parler. D'innombrables pensées contradictoires s'affrontaient dans leur esprit tourmenté.

Peu de temps après, il déboucha à toute allure sur le petit parking gravillonné et, malgré son imposante silhouette, sortit prestement de sa voiture. Phil vint l'attendre à la porte d'entrée. Il se figea en le voyant, le visage triste :

— Vous l'avez retrouvée ? C'est elle ? Est-ce que c'est elle ? lança-t-il désespérément, comme on lance une bouée à la mer.

Phil demeura immobile, soutenant le regard de Jacques Kérity jusqu'à ce que ses yeux exorbités finissent par voir ce que lui-même avait vu et qu'il comprenne que tout était terminé… que ses pires craintes s'étaient réalisées. En état de choc, il suivit Phil comme un automate. Le légiste lui montra d'abord les bijoux, puis les vêtements qu'il reconnut en approuvant de la tête. Hagard, il se tourna vers la table recouverte d'une couverture en nylon. Le légiste souleva la couverture, découvrant le corps par le bas, cette peau noire, ce corps parfait… jusqu'au visage ; alors, Jacques fit rabattre la toile, horrifié. Les OPJ scrutaient ses yeux pour voir si la terreur allait se transformer en fureur.

Il fut d'abord pris d'une sorte de malaise, le cœur glacé, le visage en sueur, incapable de bouger, il n'entendait plus ce que les gens disaient autour de lui. Il avait pâli, puis grimacé en gémissant, exprimant ainsi une douleur intérieure. En voulant lutter contre l'émotion, il avait perdu sa force. Il se mit alors à hurler ; sa désolation était totale.

Les cinq minutes qui suivirent se révélèrent être le prélude au désarroi de Jacques Kérity. Il se laissa, en effet, tomber à genoux sur le carrelage et appuya sa tête contre la table, à hauteur de la main de son épouse, en pleurant, prononçant toutes sortes de mots d'amour. Il aurait voulu sentir le parfum de sa peau, mais il était noyé par les odeurs de formol qui imprégnaient la pièce. Les yeux fermés, le cerveau lent et les idées confuses, c'est dans ces moments de solitude que même entouré d'inconnus, on peut se permettre de s'abandonner à sa peine.

Pour les trois policiers présents, il était impossible que ce soit une comédie, l'homme ne jouait pas, il pleurait véritablement la mort de celle qu'il aimait. Ils le laissèrent récupérer en silence. Lorsqu'il prit la parole, à peine conscient des mots qu'il prononçait, se sentant aussi mort que le corps sur cette table, il dit :

— Oui, c'est elle. C'est bien elle… c'est mon épouse…

Sa voix s'était brisée. Il respirait profondément, tentant de reprendre son souffle. Ses lèvres continuèrent de remuer encore un peu, mais aucun son ne s'en échappa. Peu à peu, la douleur avait reflué, ses traits s'étaient décrispés, sa respiration avait recouvré un rythme plus ou moins régulier. Mais la peine n'avait pas disparu et ses nuits en resteraient marquées à tout jamais. Il se releva alors, péniblement, reportant son attention sur les personnes qui l'entouraient, l'air surpris de découvrir qu'il se trouvait dans cette salle avec eux. Son visage et ses mains étaient blêmes ; pétrifié, il réalisait sans doute que cet événement venait de changer le cours de sa vie tout entière.

Les quatre hommes présents gardèrent le silence de longues minutes encore. Joël Le Traon paraissait toujours à la limite de défaillir, son désespoir, son humiliation et sa fureur étaient palpables. Joël regardait son compatriote sans cesse, perplexe, mais fasciné, pendant qu'il poursuivait son babil un peu vide et s'appliquait à garder le contrôle de ses mains. Il aurait voulu pouvoir l'aider, mais il ne le pouvait pas. Jacques Kérity n'émettait plus maintenant qu'un son guttural, sans rien de violent, comme un gémissement d'animal confronté à la douleur, tassé sur lui-même, tourné vers la dépouille de son épouse totalement dissimulée sous cette bâche qui laissait à peine distinguer la forme du corps. C'était une mort tellement injuste, tellement insupportable !

Des réactions de ce genre, au fil des années, le légiste en avait vu de toutes sortes, le plus souvent de la part de parents de victimes, elles s'accompagnaient généralement de plaintes. Voulaient-ils invoquer Dieu ou la raison, les supplier de ne pas les abandonner ?

Les pleurs de Jacques Kérity se firent plus rauques, plus déchirants. Il éprouvait sans doute un sentiment d'irrévocabilité et n'exprimait plus qu'amour et fureur. À cet instant, il était submergé par le chagrin. La peur, la colère, la rancœur l'assaillaient en bloc. Il reprit ses esprits par paliers, son envie était de s'enfuir, loin, très loin... Puis il se calma. Le silence fut alors écrasant, angoissant. Le groupe autour de Jacques Kérity s'abandonnait aux spéculations, sans pouvoir les définir précisément.

Résolu à se montrer calme, amical et professionnel, Phil jugea le moment opportun et décida de s'approcher de Jacques.

Il lui parla doucement, comme à quelqu'un de fragile :

— Monsieur Kérity, nous savons que le moment est mal choisi, mais nous aimerions vous poser quelques questions.

Celui-ci se contenta d'approuver de la tête et suivit les trois OPJ dans la pièce voisine. Ils s'assirent autour d'une table. François se tourna vers lui. Il avait le regard fixé sur le mur d'en face. Il n'osait imaginer le séisme interne, le déchirement qui le torturait en cet instant.

Phil prit la parole car c'était le premier interlocuteur de Jacques Kérity.

— Nous avons rencontré vos deux amis…

Sur ces premières paroles, il regarda fixement Phil, comme choqué par ses propos, le regard légèrement ahuri, voire fiévreux. Sa lèvre inférieure trembla et il ne put retenir ses larmes. Phil laissa passer quelques secondes et reprit :

— Quand vous êtes-vous vus pour la dernière fois, ensemble ?

— Je n'sais pas… Je n'sais plus…répondit-il, posant la tête quelques secondes sur ses bras croisés devant lui.

— Tentez de vous souvenir, monsieur Kérity, c'est peut-être important.

Il releva alors la tête, toujours aussi surpris. Interrogatif, il regarda Phil avant de préciser :

— C'était le dimanche de la semaine dernière, nous étions allés tous les six déjeuner au restaurant au Guil… un peu pour marquer l'arrivée des primes qui annonçaient la fin de la société d'armement.

Ses yeux s'évadèrent dans le souvenir quelques secondes.

— Qu'avez-vous remarqué de particulier ?

— Comment ça, remarqué ? J'aurais dû remarquer quelque chose ? demanda-t-il sans ciller ni chercher à éviter le regard des OPJ.

— Non. Je ne sais pas. Je vous le demande.

— Non. Rien. C'était la joie et le grand bonheur… Du moins, je le croyais.

— Comment se comportaient les épouses de vos amis vis-à-vis de votre épouse ?

— Elles étaient jalouses, sans doute avaient-elles raison de l'être, au fond… Il laissa passer un court silence, puis ajouta avec une touche de nostalgie : mais je ne le savais pas…

— C'est-à-dire ?

— Rien. Non, rien…

— Que vouliez-vous dire, monsieur Kérity ?

— Rien. Non, vraiment rien…

Mais il avait à nouveau cette lueur étrange dans les yeux et chacun avait perçu un sous-entendu, au point que, pendant une seconde, ils eurent l'intime conviction qu'il leur cachait quelque chose. Qu'avait-il voulu dire ? Comment devaient-ils s'y prendre pour faire admettre à Jacques Kérity qu'il retenait certaines informations pour des raisons qu'ils ignoraient mais qu'ils désiraient connaître ? Ils sentaient qu'il avait en lui des secrets, des engrenages poussiéreux qui tournaient dans son esprit, un univers étrange auquel son regard impénétrable ne donnait pas accès. Puis, cette certitude se mua en doute et se dissipa. Monsieur Kérity s'était brutalement totalement refermé et ne voulut plus répondre à quoi que ce soit à partir de cet instant. Les OPJ comprirent que cette discussion le mettait visiblement au supplice. Rien, dans sa vie, ne l'avait préparé à vivre un tel jour. Il avait les yeux rougis, mais faisait preuve d'un réel self-control. Ils décidèrent, cependant, de ne plus insister, ils y reviendraient plus tard. Une zone d'ombre continuait à planer…

Ils raccompagnèrent Jacques Kérity à la sortie. Il s'en alla, sans se retourner.

De retour au bureau, Joël Le Traon se sentait toujours mal, cette première à l'institut médico-légal l'avait complètement retourné. Il était, à la fois, horrifié par ce massacre et choqué par ce qu'il venait de vivre. Le patron, Yann Le Godarec, vint les rejoindre pour leur confirmer que le procureur leur confiait l'enquête. À cet instant, il ne put s'empêcher de se laisser aller un peu et d'exprimer sa colère et sa compassion envers son compatriote du Guil. Le patron réagit aussitôt et se montra ferme :

— Je ne veux pas que vous soyez révolté, car la révolte est une émotion et les émotions ne devraient jamais se manifester ouvertement chez un OPJ, fût-il nouveau dans ses fonctions ! Vous devez seulement vous concentrer sur les détails de vos enquêtes et vous acharner à résoudre toutes vos affaires afin de boucler ces petits salauds minables dans des cellules pour le restant de leur vie… sinon, il faut s'arrêter tout de suite !

Joël Le Traon réalisa aussitôt la faiblesse de son comportement, il regrettait déjà son attitude. Il regarda son patron, mais ce que cette voix et ce visage neutres ne trahissaient en aucun cas, c'était un mélange pur et dur de bon sens et de réalisme. Joël Le Traon présenta immédiatement ses excuses et le patron lui demanda de classer cette discussion sans suite, de l'oublier et de s'atteler à la tâche sans faillir. Une seule chose comptait : arrêter le ou les meurtriers. Sa réplique était tombée comme une guillotine fendant l'air et il quitta le bureau, laissant les trois OPJ plongés dans un silence profond.

Afin de rebondir aux demandes du matin sur les frais et les budgets, Phil et François signalèrent au patron que Jacques Kérity avait reconnu le corps de son épouse, le bandage sur la main, les bijoux et les vêtements et qu'en conséquence, ils n'avaient pas déclenché toute la batterie d'analyses d'ADN et autres séries d'examens, inutilement pour le plaisir… Le patron approuva de la tête et les remercia avant de quitter le bureau en refermant la porte derrière lui.

Les deux collègues entourèrent ensuite Joël et discutèrent longuement avec lui afin de l'aider à surmonter ses émotions et de lui faire mieux comprendre son rôle, quelle que soit la situation dans laquelle il pouvait se retrouver. Ils lui indiquèrent, au passage, qu'une affaire qui se déroulait dans sa propre ville était souvent plus redoutable. Il le comprit parfaitement et remercia ses deux nouveaux collègues. Il venait de grandir un peu dans sa nouvelle vie d'OPJ et sa sincérité en était même touchante.

Il indiqua qu'au cours de sa formation, on lui avait enseigné que la grande majorité des homicides étaient le fait de proches de la victime, à commencer par le conjoint. Il proposa en conséquence d'imaginer qui aurait eu intérêt à perpétrer cet horrible meurtre, lançant déjà tantôt le nom d'un des deux amis, puis de leurs épouses… François l'arrêta aussitôt :

— Tu sais, Joël, pour l'instant, il faut essayer d'être le plus global possible, de se contenter de relater les faits sans se laisser influencer par des a priori… je dirais même, sans se laisser corrompre par l'empirisme, l'empathie ou la subjectivité, car, pour l'instant, nous manquons véritablement d'informations pour nous laisser aller à un ludisme divinatoire…

Joël croisa alors le regard de François et lui adressa un petit hochement de tête qu'il espérait révélateur de sa compétence et de son assurance. Il comprenait cependant que Joël ait juste hâte que l'action commence véritablement, vraiment hâte. Phil sourit, car François s'y prenait comme il l'avait fait avec lui lors de sa prise de fonction et cela le ramena quelques années en arrière.

François proposa simplement de remettre de l'ordre dans leurs affaires, de boucler les comptes rendus et d'attendre le lendemain matin pour étudier les informations attendues, notamment celles concernant le téléphone portable pour voir dans quelle direction orienter leurs investigations.

3

Mardi 16 octobre 2007.

Ils arrivèrent tous les trois ensemble au bureau, comme s'ils venaient du même endroit et commencèrent par se servir un café. Puis, gobelet fumant en main, ils vinrent s'installer à leur bureau bien avant l'heure.

Dans l'heure suivante, Joël se montra hyperexcité. Il dépouillait toutes les données reçues du LATS et n'arrêtait pas de surligner tel ou tel point et de se reporter à divers journaux ou documents du dossier en manipulant bruyamment les feuillets, notant par ailleurs rapidement de nombreuses informations sur une feuille, puis il finit par lancer, triomphal :

— Les gars, je tiens une bombe en main et ça va décoiffer dur !

Aussitôt, Phil et François se levèrent et s'accotèrent au bureau de Joël.

— Alors, qu'as-tu découvert ? demanda François.

— D'abord, Fatou Kérity a bien quitté Quimper le jeudi matin, comme nous l'a indiqué son mari, et cela, selon les bornes activées par son téléphone portable, pour arriver à Paris à l'heure prévue…

— On se calme, car comme tu viens de le dire, il ne s'agit QUE de son téléphone portable, rien ne prouve que ce soit elle !

Cette réflexion n'entama guère l'enthousiasme de Joël qui poursuivit :

— Attends, car voici la bombe ! Fatou a adressé à son mari un SMS tellement long d'ailleurs qu'il s'est fractionné en plusieurs messages dont voici le texte que je viens de reconstituer totalement : « *Jacquot, mon amour, il faut que nous parlions et que je te dise certaines choses : notamment que je ne supporte plus le harcèlement sexuel de tes deux amis. Je vis de plus en plus mal la pression de leur entourage quand tu es là et encore plus quand tu n'es pas près de moi pour me protéger de toute ta puissance et de ton amour… et alors je me sens terriblement vulnérable et impuissante. Je t'aime et à ce soir, mais il faut que nous parlions, je t'en supplie !* »

Devant le sourire éclatant de Joël qui guettait leur réaction, ils restèrent tous les deux abasourdis par cette révélation et silencieux durant quelques secondes. Phil s'exprima le premier :

— Pour être une bombe, c'est une bombe et quand elle va exploser au grand jour, bonjour les dégâts collatéraux ! Et après ce message, y a-t-il eu d'autres appels émis ou reçus et qu'est devenu l'appareil ?

— Non. Rien. Il disparaît totalement comme si elle l'avait coupé. La piste s'arrête à Paris, du côté de la gare Montparnasse, ce qui corrobore le fait que quelqu'un l'ait remarquée au moment où elle prenait un café en arrivant, peut-être est-ce de cet endroit qu'elle a adressé son message d'ailleurs. Pour ne pas avoir à en discuter avec son mari par téléphone, car elle devait se douter qu'il ne resterait pas sans réagir, elle a choisi de l'éteindre. Voilà ce que je pense et que l'on peut supposer !

— Ça se tient ! approuva François de la tête. Mais alors, ce que je ne comprends pas c'est comment elle est passée de Paris au plongeon dans l'arrière-port du Guilvinec, le jeudi soir ou le vendredi ?

— C'est vrai que c'est assez incroyable. Mais, quoi qu'il en soit, le trio va devoir s'expliquer, ça me paraît être un vrai panier de crabes entre eux, il va falloir qu'ils arrêtent de dire ce qui leur convient et qu'ils nous parlent plus clairement ! Tu vois, Joël, une enquête c'est comme un tableau : chacun de nous voit les choses différemment. Il en est qui s'intéressent aux couleurs, d'autres à la technique employée, d'autres encore au style… Tout dépend de nos connaissances, de notre éducation, de notre conditionnement… Pour l'instant, le tableau qui se présente sous nos yeux semble offrir de multiples facettes, je pense que nous ne sommes pas près d'arriver à la fin de son étude si facilement.

Phil appela le légiste pour lui demander s'il disposait de plus de renseignements. Ce dernier lui apprit que le décès devait remonter au jeudi après-midi ou fin de soirée et l'immersion, quelques heures après, dans la nuit de jeudi au vendredi.

— Est-ce que vous demandez toutes les analyses ADN et autres examens ?

— Non. Je pense que ce n'est pas utile, son époux l'a reconnue formellement, je ne vois pas très bien ce que cela nous apporterait. Et puis, on nous resserre en permanence nos dépenses et nos budgets, pour une fois que nous pouvons en faire l'économie…

Il allait établir son rapport détaillé comme d'habitude et il promit à Phil qu'il le recevrait le lendemain, car il le ferait déposer par une des collaboratrices du cabinet médical où il travaillait en profession libérale à Quimper, son activité de légiste étant bien trop faible pour être exercée à temps complet.

Ils se rendirent ensuite au bureau du patron qui examina la situation avec calme et détermination avant de donner ses directives :

— Bien ! François et Phil, vous allez me prendre en main tout ce « petit monde » et leur demander leur emploi du temps de jeudi et de vendredi, je parle bien sûr des trois copains et, bien entendu, de leurs épouses… Joël, vous allez vous charger de l'enquête de voisinage dans les lieux où la victime a été découverte. Vous vous rendrez au Lycée Professionnel Maritime et vous interrogerez les habitants de toutes les maisons, sans exception, qui se situent autour de l'arrière-port ainsi que le personnel du chantier naval, les tenanciers et clients des bistrots… J'en informe le procureur.

Ils décidèrent de se rendre à deux voitures au Guilvinec et de se retrouver pour déjeuner tous les trois, vers treize heures.

— Joël, toi qui connais bien Le Guil, où nous retrouvons-nous ?

— Sans hésiter, je vous dis au *Poisson d'Avril*, chez Guénola et Éric Robins, ils sont très sympas tous les deux et Guénola est un sacré chef en cuisine, vous n'allez pas le regretter, je vous le garantis ! Ne rentrez pas par la terrasse côté port, mais par la rue de Men Meur, vous pourrez garer votre voiture tout à côté…

— D'accord, c'est parti !

Phil et François s'occupèrent de la prise des rendez-vous. Ils rencontreraient le matin, Jacques Kérity, et l'après-midi, Guy Trémeur et son épouse, puis Jean-Paul Kerlarun et son épouse.

Une heure après, ils garaient leur véhicule à proximité du magasin de marée de Jacques Kérity. Ils se dirigèrent directement vers son bureau en saluant de la tête rapidement le personnel occupé à travailler. Le nombre de femmes et d'hommes était bien plus important que lors de la précédente visite, c'était une véritable ruche. Au bureau, deux personnes travaillaient au téléphone et passaient inlassablement des cours. En les voyant arriver devant la porte vitrée du bureau, Jacques Kérity se leva aussitôt et précipita la fin de son entretien téléphonique.

Le regard las, le dos courbé, traînant des pieds, il vint les saluer et leur proposa de se rendre à sa maison de la Grève Blanche pour être plus tranquilles pour parler car, à cette heure au bureau, c'était l'enfer. Ils suivirent Jacques Kérity qui monta dans son imposant 4x4 Nissan Terrano II. Quelques minutes plus tard, ils stationnaient leurs véhicules le long de la rue Jules Guesde, devant la maison. Ils emboîtèrent le pas à Jacques Kérity vers l'entrée de sa résidence.

Elle n'offrait aucun caractère luxueux ; nul doute qu'il n'avait pas dû changer grand-chose à l'intérieur depuis la disparition de ses parents, au vu du carrelage des années soixante-dix au sol et de la tapisserie à fleurs et médaillons aux murs du couloir et du séjour où il les invita à s'asseoir autour de la table en bois rustique assortie aux autres meubles de la salle à manger. Tout, depuis les meubles jusqu'aux papiers peints, était sombre et dégageait une impression de morosité. Ils ne purent s'empêcher de remarquer la présence d'un cadre, posé sur un meuble bas. Il représentait le visage d'une femme aux traits décidés qui souriait à l'objectif, Fatou y apparaissait rayonnante…

Ce salon s'ouvrait sur un petit jardin qui semblait bien entretenu mais curieusement dépourvu de vie. Pas d'arbustes taillés ni de buissons, des massifs conventionnels, rien qui donnait envie de rêver. L'unique charme provenait de la vue sublime qui permettait d'embrasser du regard toute la plage en demi-cercle, d'une extrémité à l'autre.

L'homme avait pris dix ans d'un coup. Phil l'avait trouvé affecté lorsqu'il était venu déclarer la disparition de son épouse, il avait paru effondré, détruit moralement. Il parla le premier :

— Quand pourrais-je récupérer le corps de mon épouse ?

— Quand le procureur nous y autorisera ; au vu du rapport du légiste, sans doute sous une dizaine de jours, au grand maximum.

Il se contenta d'approuver de la tête, sans répondre, tête baissée, regard dirigé vers ses grandes mains qu'il triturait devant lui, sur la table. Il dégageait une forte odeur de poisson qui s'exhalait dans la pièce. Phil la trouva beaucoup plus forte, ici, dans cette maison, qu'au magasin.

— Monsieur Kérity, nous avons beaucoup de questions à vous poser car nous ne vous le cachons pas, la disparition brutale de votre épouse nous pose une véritable énigme, commença par annoncer Phil.

— Allez-y, je n'ai rien à cacher.

— Pouvez-vous nous donner votre emploi du temps de jeudi et de vendredi ?

— Bien sûr. Jeudi, comme je vous l'ai déjà dit, je me suis levé à quatre heures pour me rendre au Guil, mon acheteur m'a rejoint au magasin comme d'habitude vers cinq heures et demie, question de voir les lots qui nous intéressaient avant la vente du matin. La vente terminée, je suis allé au magasin avec mon vendeur pour passer les cours, et cela sans arrêt jusqu'à treize heures environ. Là j'ai cassé la croûte et ensuite, j'ai supervisé le travail et les expéditions pour, à nouveau, assister à la vente aux enchères de la pêche du jour à seize heures trente… J'ai quitté mon bureau vers dix-neuf heures pour rejoindre mon appartement. Comme Fatou n'était pas rentrée vers vingt heures, je me suis rendu à la gare, elle n'y était pas, alors j'ai décidé de pousser jusqu'ici dans cette maison, à tout hasard.

— Pourquoi, elle devait venir ici ?

— Non. Mais, comme elle n'était pas à Quimper, je suis venu vérifier ici, car son portable ne fonctionnait pas. Puis, je suis repassé par l'appartement, la gare, retour à l'appartement… Le vendredi matin, même chose pour le travail. Ensuite, je suis repassé par la maison et l'appartement à Quimper et j'ai alors décidé de venir à votre bureau pour faire la déclaration de disparition. Voilà, c'est tout.

— Quelqu'un peut attester de votre présence ?

— Oui, bien sûr, mon personnel, mes confrères mareyeurs, enfin tous ceux qui travaillent sur le port et avec lesquels je suis en rapport quasi quotidien… Mais, pourquoi ces questions, vous me soupçonnez ? Et dans ce cas de quoi et pourquoi ?

— Mais de rien… Nous vérifions simplement votre emploi du temps. Quels sont vos rapports avec vos deux meilleurs amis ?

— C'étaient mes deux meilleurs copains d'enfance.

— Pourquoi « c'étaient » ?

Il reprit sa respiration et souffla avant de répondre, visiblement l'air gêné :

— Non, je veux dire, ce sont mes deux meilleurs copains, mais vous savez bien, en ce moment, je n'ai plus toute ma tête, avec cette affaire… Mais, à votre avis, celui qui l'a tuée, pourquoi s'est-il acharné sur son visage ? Parce qu'elle était trop belle ? Il voulait me la détruire deux fois, c'est ça ? Sinon, pourquoi ?

— Cela fait partie des questions que nous allons tenter de résoudre. Quels étaient vos rapports avec vos deux amis et leurs épouses ?

— Bons.

— Sans commentaire particulier ?

— Non.

— Et ces mêmes personnes avec votre épouse ?

— Aussi bons.

— Vous êtes sûr ?

Il paraissait de plus en plus mal à l'aise. Son regard fuyait celui des OPJ pour se perdre vers le large. Visiblement, il ne voulait pas répondre. Phil reprit sur le ton de la confidence en se montrant rassurant :

— Je crois que vous n'avez pas été tout à fait sincère avec nous, reprit Phil avec douceur. Nous croyons qu'il y a certaines choses que vous devez nous dire… Vous vous doutez bien que nous avons commencé à fouiller dans les affaires de votre épouse et notamment dans son portable… Vous me suivez ?

Il se contenta d'approuver de la tête, replongeant son regard sur ses mains et résistant de son mieux pour ne pas craquer. Cet homme d'apparence physique si solide semblait prêt à pleurer. Phil lui glissa un feuillet devant lui :

— Voici le dernier message que votre épouse vous a adressé de Paris, à son arrivée à Montparnasse, vous l'avez bien reçu et lu, qu'en pensez-vous ?

Il souleva ses larges épaules et, dans un geste d'impuissance, se contenta de les laisser retomber. Des larmes qu'il n'arrivait plus à contenir apparurent à ses yeux. Phil poursuivit délicatement après lui avoir accordé le temps de se ressaisir :

— Que savez-vous sur ce qu'elle vous a écrit ?

— Heueueu… rien. Non, vraiment rien, ça m'est tombé dessus comme une masse. Je voulais la voir pour qu'elle m'en parle le soir. Comme je ne l'ai plus revue, elle n'a jamais pu me le dire…

— Et à vos copains, vous le leur avez demandé ?

— Non, puisque je voulais lui parler avant, c'est pour ça que je ne les ai pas appelés. Je voulais qu'elle m'explique, que je comprenne bien et là, je me serais occupé de la question dont, je vous le répète, j'ignore tout…

— Vraiment ?

— Je vous le jure !

— Et vous n'aviez rien remarqué dans son attitude ou celle de vos amis ?

— Non. Rien. Bien sûr, ils bavaient devant elle, mais ils étaient avec leur épouse. De là à imaginer quoi que ce soit…

— Pensez-vous qu'ils puissent avoir eu une relation quelconque avec elle ?

Il se redressa, horrifié :

— Mais non, vous n'y pensez pas tout de même ! Ils devaient sans doute la baratiner, ce qui devait passablement l'agacer, voilà tout ! Elle était très pudique sous une apparence libre.

— Et le reste de la semaine, saviez-vous ce que faisait votre épouse ?

— Elle travaillait au bureau que nous avions aménagé dans l'appartement de Quimper et faisait aussi les courses et la cuisine et tout ce qui concernait notre quotidien, très bien d'ailleurs… Quant à moi, je vous l'ai déjà dit, je bosse soixante à soixante-dix heures par semaine, la tête dans le guidon, pas le temps de regarder le paysage ! Elle était toujours là quand je rentrais. Vivre avec elle était formidable… Mais vous ne pouvez pas comprendre…

— Si, au contraire, nous vous comprenons très bien. Ce qui s'est produit nous choque au plus haut point et nous pouvons vous promettre que nous allons remuer ciel et terre pour retrouver le ou les meurtriers.

— Avez-vous une petite idée ?

— Non, pas encore la moindre et vous ?

— Non. Je tourne le problème dans tous les sens dans ma tête et je n'arrive pas à comprendre ce qui a bien pu se passer. Elle est à Paris et… soudain, elle se retrouve au Guil… C'est incompréhensible, c'est sûrement quelqu'un qui voulait me toucher, me faire mal, ça ne peut pas être autre chose. C'est très précis, ce n'est en aucun cas, un meurtre crapuleux commis à Paris, une mauvaise rencontre dont elle aurait pu être victime là-bas, donc, il faut chercher par ici…

— C'est tout à fait notre avis également et c'est ce à quoi nous nous employons.

La discussion se poursuivit sans toutefois permettre de découvrir la moindre information exploitable.

Il paraissait hors de cause pour les deux OPJ, même si, dans un coin de leur cerveau, ils gardaient une petite place à l'hypothèse qu'il puisse en être le commanditaire. Mais pourquoi, dans quel intérêt ? À qui profitait le crime ? Rien ne permettait de retenir la moindre hypothèse.

Ils quittèrent Jacques Kérity en lui demandant de ne pas les raccompagner. Il approuva de la tête et resta assis, sans bouger, le regard perdu vers le large, puis sa tête s'inclina, comme celle d'un boxeur un peu sonné. Même s'il se dégageait de sa personne une impression de solidité, les OPJ sentaient bien qu'il devait mobiliser toute son énergie pour atténuer, autant que possible, le choc et le chagrin qu'engendrait la perte de son épouse.

Il ne faisait aucun doute que c'était vers le visage de Fatou que Jacques retournait sans cesse, ce visage à l'expression étrangement énigmatique où semblait affleurer un désespoir déconcertant. Pourtant, elle paraissait être une créature empreinte d'une véritable innocence. À présent, l'émotion lui pinçait le cœur et il sentait des larmes monter, lui que rien n'avait fait pleurer jusque-là, si ce n'était la disparition de ses parents.

Les deux OPJ se dirigèrent vers la rue de Men Meur pour rejoindre Joël Le Traon, d'autant qu'il était déjà treize heures. Ils se garèrent sans difficulté non loin de l'entrée du restaurant *Le Poisson d'Avril*. Celui-ci se situait au fond d'une petite cour. L'enseigne annonçait « *Bar-Hôtel-Restaurant avec terrasse panoramique* ». L'établissement proposait effectivement quelques chambres confortables dont le décor extérieur évoquait la marine, ce qu'ils purent remarquer parfaitement à l'étage. Cependant, l'espace dégagé devant l'entrée était sobre. Ils franchirent les baies vitrées de celle-ci pour être aussitôt accueillis par une jeune et jolie jeune femme. Ils eurent alors la surprise de découvrir un panorama exceptionnel.

La salle offrait une vue imprenable sur le large, à droite. En face, le regard se portait sur l'entrée du port où le phare blanc et rouge se tenait fièrement sur sa digue tandis que, sur la gauche, située sur le bâtiment bleu de la criée, la terrasse panoramique d'Haliotika invitait les visiteurs à venir découvrir l'arrivée des bateaux et à rencontrer des pêcheurs du Guilvinec. Ils restèrent soufflés par la perspective offerte à leur vue. Ils furent dirigés vers une table située tout près de la baie vitrée qui longeait la terrasse où Joël Le Traon les attendait en regardant le panorama.

— Superbe, n'est-ce pas ? leur lança-t-il avec un large sourire, fier de leur faire découvrir cet établissement.

— En effet, c'est le moins que l'on puisse dire ! lui répondit François en prenant place à côté de Phil.

Tout en consultant la carte, François ne put s'empêcher d'avoir une pensée pour Vincent de Landiras.[3]

---

3. *Voir* Embrouilles briochines, *même auteur, même collection.*

« Voilà un restaurant qui lui aurait plu, non seulement pour son cadre mais aussi pour sa carte. »

— La spécialité de la maison c'est le poisson et les fruits de mer et ils changent la carte tous les trois mois, mais tout est excellent, même en dehors de leur spécialité, se permit de préciser Joël.

En parcourant la carte, ils salivaient déjà à l'avance en pensant à ce qu'ils allaient manger.

Joël préconisa de commencer par des demoiselles du Guilvinec…

— Des demoiselles ? demanda Phil, tandis que François souriait.

— Oui, c'est le nom donné aux langoustines, elles sont excellentes et appréciées des gastronomes. Elles représentent l'image de marque de la pêche fraîche artisanale.

Il suggéra ensuite une lotte, un des poissons de la carte. Il leur parla ensuite de la « viande de Carême » qui permit aux habitants de la presqu'île de Penmarch de s'enrichir autrefois.

Devant l'étonnement de Phil, il précisa qu'il s'agissait de la morue qui portait d'ailleurs différents noms lorsqu'elle était disposée fraîche sur l'étal du poissonnier : églefin ou cabillaud.

La commande prise, Joël semblait très heureux d'être avec ses deux collègues sur « ses terres » et ne put s'empêcher de leur parler de sa ville, également port de pêche.

— Il faut tout de même savoir que Le Guilvinec-Léchiagat, Loctudy, Lesconil et Saint-Guénolé constituent le premier quartier maritime français en valeur et en tonnage et c'est le GV porté dans l'immatriculation des bateaux qui permet d'identifier ceux de ce quartier. Celui-ci représente tout de même près de trois cents bateaux et emploie plus de mille cent marins et je ne vous parle pas des effets induits sur les emplois à terre... à multiplier par trois ou quatre, voire un peu plus!

Après cette information, ils en vinrent à leur affaire. Phil et François rendirent compte de leur entretien, tandis que Joël leur indiqua avoir interrogé le côté Léchiagat de l'arrière-port jusqu'au Lycée Professionnel Maritime, sans rien découvrir ni obtenir la moindre information. Cet après-midi, il attaquait l'autre côté. Le déjeuner fut un délice, le poisson choisi, excellent et le dessert, fameux: de l'art, du grand art, au point qu'ils ne purent s'empêcher, à plusieurs reprises, d'évoquer à nouveau leur collègue de Saint-Brieuc, Vincent de Landiras, ce collègue si fin épicurien. Ils se dirent même qu'ils devraient prendre de ses nouvelles et l'inviter un week-end prochain... lis prirent un café en s'accordant le temps de le déguster et de jouir encore un peu de la vue sublime. Mais ils devaient se résigner à poursuivre. De nombreuses tables restaient encore occupées, sans doute, des clients peu pressés de quitter un tel lieu.

En sortant, Joël n'oublia pas d'aller remercier le patron, Éric, qu'il pria de saluer son épouse Guénola qui s'activait en cuisine, sans doute à la présentation artistique des desserts des derniers clients encore à table.

*

Après-midi.

Ils se séparèrent et, quelques minutes après, Phil et François franchissaient la porte du commerce de Guy Trémeur.

L'homme avait changé depuis leur dernière rencontre. Son visage ne cachait plus son inquiétude et il semblait redouter la visite des deux OPJ. Il leur demanda s'ils voulaient le voir seul ou avec son épouse. « Séparément ! » avait précisé sèchement François. L'épouse les salua de loin, d'un signe de la tête, tout aussi mal à l'aise, du fond du bureau, et ils suivirent Guy Trémeur qui parut soulagé de se retrouver seul, à l'étage, comme la fois précédente. À peine assis et après avoir décliné l'offre d'un café, Phil attaqua :

— Cette fois vous ne pouvez pas ignorer la raison de notre visite, monsieur Trémeur, nous imaginons bien que la nouvelle s'est propagée.

— Quelle tragédie ! dit-il en secouant négativement la tête.

— Nous aimerions connaître votre emploi du temps de jeudi et de vendredi derniers.

Il parut hésiter, réfléchir, manquer d'assurance, avant de prononcer les premiers mots :

— Jeudi, je me trouvais dans mon magasin de Quimper, pour faire les comptes et le point de l'activité. J'y suis arrivé vers huit heures et demie et j'ai dû repartir vers dix-neuf heures trente environ… J'ai rejoint mon domicile, c'est-à-dire ici, vers vingt heures et je ne l'ai pas quitté ensuite, y compris vendredi, j'y suis resté toute la journée. Vous le savez bien puisque vous m'avez rendu visite vendredi après-midi.

— Qui peut l'attester?

— Mon épouse!

— Pourquoi, elle était avec vous à Quimper? Cette question abrupte le dérangea visiblement et le déstabilisa. Il bafouilla avant de répondre plus clairement:

— Non. Mais je veux dire qu'elle m'a vu partir et rentrer. Sinon, au magasin de Quimper, les employés pourront vous le confirmer.

— Nous vérifierons! Quels étaient vos rapports, je veux dire « personnels » avec Fatou Kérity?

Comme le vendredi précédent, il ne put s'empêcher de rougir et de se retrouver terriblement mal à l'aise, ses mains tremblaient et son regard se montrait fuyant.

— Heueueu… que voulez-vous dire?

— Vous avez très bien compris la question.

— Nous étions en bons termes, peut-être que du fait que je sois à l'origine de leur rencontre par le biais d'Internet, me portait-elle plus d'attention, tout au plus, mais c'est tout, que voulez-vous que je vous dise d'autre?

— Nous? Nous ne voulons rien d'autre que de découvrir la vérité et nous la connaîtrons, soyez-en sûr. Que pensez-vous de ce message adressé par Fatou le jeudi matin de Paris?

Cette fois, il blêmit, sa panique était visible. Il lut et relut sans doute plusieurs fois le texte, son esprit semblait tourner à la vitesse d'un disque dur. Puis, soudain, il parut se détendre, il venait de trouver sa réponse.

Matois, il feignit de répondre de façon naturelle:

— Vous voyez, elle parle de nous deux, c'est-à-dire de Jean-Paul et moi. En fait, nous l'avons charriée souvent et provoquée peut-être aussi parfois, mais nous avons eu tort, nous le faisions pour rire, jamais sans vouloir lui porter atteinte, vous voyez ce que je veux vous dire ?

— Non, Monsieur, pas très bien… Le texte est celui d'une femme harcelée, pas celui d'une amie victime de blagues légères ! Avez-vous eu une ou des relations sexuelles avec Fatou Kérity ?

— Mais non ! Enfin, vous n'y pensez pas !

— Vous êtes-vous retrouvé seul avec elle parfois ?

— Oui, enfin non, tout dépend ce que vous entendez par là. Il m'est arrivé de la croiser par hasard à Quimper et de prendre un café avec elle, tout au plus, mais rien d'autre…

Phil et François poursuivirent leurs questions sans relâche en tentant de l'obliger à se découvrir davantage, mais sans succès. Une nouvelle fois, Guy Trémeur dut s'absenter pour s'injecter sa dose d'insuline. Malgré cela, il ne paraissait pas « dans son assiette » ! Phil était particulièrement agacé par son attitude, il sentait bien qu'il devait cacher quelque chose, mais quoi ?

Ils appelèrent son épouse et le prièrent de les laisser seuls avec elle. L'épouse confirma l'emploi du temps déclaré par son époux et précisa que, pour sa part, elle était restée au magasin du Guil toute la journée du jeudi et qu'il suffisait de le demander à l'employé. Elle avait passé la nuit avec son époux, sans sortir, et elle était aussi restée à la maison le vendredi matin. Elle était allée faire des courses en début d'après-midi et était revenue quand ils étaient chez elle avec son époux. Quant à la question sur la jalousie des femmes vis-à-vis de Fatou, elle nia totalement. Elle ne cacha pas que les airs de grandeur et l'aisance de Fatou lui portaient singulièrement sur les nerfs, mais cela s'arrêtait là. À la question d'une relation éventuelle de son époux avec Fatou Kérity, elle objecta farouchement, allant même jusqu'à tenir des propos à caractère raciste à l'encontre de la victime comme pour justifier qu'à aucun moment, son époux n'aurait pu avoir la moindre relation intime avec elle.

Avec elle aussi, les questions se poursuivirent sans apporter de grain à moudre aux deux OPJ. Ils décidèrent de prendre congé en laissant à l'un et l'autre leur carte professionnelle pour le cas où quelque chose leur reviendrait. En reprenant la route pour se rendre chez Jean-Paul Kerlarun, ils étaient dubitatifs, ils ne les voyaient pas, ni l'un ni l'autre, ni même réunis, mener une action pour supprimer Fatou Kérity. Restait, comme pour Jacques, l'hypothèse d'un rôle de commanditaire, mais qu'ils trouvaient plus qu'improbable.

En passant sur le pont qui permettait de rejoindre Léchiagat, ils ne purent s'empêcher de jeter un regard vers l'arrière-port, précisément là où avait été découvert le corps de Fatou.

Ils se garèrent devant chez Jean-Paul Kerlarun qui ouvrit la porte de sa maison, à peine avaient-ils arrêté le moteur de leur voiture. L'homme aussi paraissait marqué par les événements qui venaient de se produire. Le regard torve, il devenait plus quelconque que jamais.

Une fois installés et après avoir refusé le café proposé, Phil attaqua tout de go :

— Nous avons quelques questions à vous poser. Votre épouse est-elle là également ?

— Non, mais elle va arriver d'une minute à l'autre.

— Bien. Que faisiez-vous jeudi et vendredi derniers ?

— Jeudi… Le matin, j'étais au bureau de la société et l'après-midi, comme j'ai un chauffeur qui s'est absenté de façon imprévue, j'ai pris son camion pour me rendre au MIN de Nantes. Je suis rentré dans la nuit, vers minuit, une heure du matin. Mon épouse pourra vous le confirmer, et vendredi matin j'étais au bureau.

— Que vous évoque ce message adressé par Fatou à son époux ?

Phil lui glissa le texte sous les yeux et guetta avec François les réactions de l'homme qui se trouvait devant eux. Ses mains tremblaient, il ne savait pas quoi répondre. Il bredouilla :

— Je ne sais pas ce que ça veut dire… Non, je n'y comprends rien.

— Pourtant le texte est clair ! Quelles étaient vos relations avec Fatou ?

— Mes… mes… relations… j'sais pas.

Il regarda par la fenêtre et vit arriver son épouse. Son attitude se modifia. Un instant, il eut peur et cette panique se lut dans ses yeux. Puis, il retrouva un semblant de calme avant de répondre :

— Non, j'sais pas…

— Avez-vous eu une relation intime avec Fatou Kérity ?

Mais, en même temps qu'il posait la question, Phil ne pouvait imaginer, une seule seconde, cette jolie femme noire, grande et belle avec ce petit homme chafouin, gros et chauve et sans la moindre allure.

— Mais, non bien sûr, vous êtes fou ! lâcha-t-il au moment même où son épouse faisait son entrée dans la pièce.

Il était déconfit et regardait son épouse, apeuré. De petite taille également, moins d'un mètre soixante, mais mince et élégante, elle était bien plus belle et plus jeune que lui. Elle regarda son époux et lui demanda :

— Que se passe-t-il, tu ne te sens pas bien ?

— Si, si… ça va.

— Pouvez-vous nous laisser quelques instants en tête à tête avec votre épouse, monsieur Kerlarun ? demanda Phil.

— Oui, oui, bien sûr ! acquiesça-t-il, soulagé de quitter les deux OPJ.

La femme avait les traits fins et était svelte. Elle portait une veste en daim marron, un pull ras du cou gris anthracite et ses cheveux blonds étaient coupés à la garçonne. Ses yeux bleu clair se plissèrent en même temps que son nez retroussé quand elle s'assit et qu'elle croisa ses mains délicates sur la table. Puis, elle regarda très franchement les deux OPJ, prête à répondre à leurs questions. Elle confirma les propos de son époux sans éprouver la moindre gêne et leur répondit d'une façon tout aussi détachée. Sûre d'elle, elle semblait vouloir montrer qu'elle n'avait rien à cacher.

Quant à Fatou, elle l'admirait plus qu'elle ne la jalousait, glissant plusieurs compliments sur la distinction de cette femme.

— Je la trouvais belle, elle avait des traits fins bien dessinés. Les jambes et la lumière d'une telle femme avaient le pouvoir d'aveugler les hommes. Elle possédait une beauté éblouissante et presque terrifiante ! rajouta-t-elle pour compléter son sentiment.

Elle reconnaissait volontiers que son époux et Guy donnaient parfois l'impression de « guêpes autour d'un pot de confiture un jour d'orage » ! Mais, si son amie, l'épouse de Guy, trouvait cela énervant, elle trouvait cela amusant et sans portée réelle. Elle ne pouvait imaginer, une seule seconde, son époux ou Guy susceptibles d'avoir eu des relations intimes avec Fatou. Quant à l'assassiner, cela ne pouvait que dépasser l'imagination la plus fertile. Elle fit part de ses convictions d'une voix douce et chacun devinait que rien, jamais, ne l'en ferait changer.

Phil et François revinrent sur les différents sujets en les évoquant de manière différente, mais l'épouse de Jean-Paul Kerlarun ne se laissait guère démonter et montrait une assurance à toute épreuve, n'apportant rien de concret à l'issue de cet entretien.

Ils reprirent le chemin du retour en passant, cette fois, par l'extrémité de l'arrière-port et le pont d'où les spécialistes avaient considéré que Fatou avait été jetée dans l'eau. Ils remarquèrent un peu plus loin la voiture de Joël en stationnement, il devait interroger le personnel du chantier naval tout proche…

Le quartier était nimbé par les dernières lueurs du couchant d'une chaude couleur bronze qui conférait aux lieux une luminosité particulière en cette saison. Tout paraissait calme et paisible, comme si rien ne s'était produit ici même. La surface de la mer se teintait de reflets argentés. La pénombre allait s'installer lentement comme elle le fait dans un ciel clair sur la côte.

De retour au bureau, ils rendirent compte des visites de l'après-midi à leur patron, Yann Le Godarec. La piste de la jalousie ne semblait guère tenir la route.

Qui avait intérêt à supprimer cette femme ? Pour quel mobile ? Pour eux, le ou les meurtriers devaient être du Guilvinec ou en relation avec Jacques Kérity. Le fait de précipiter la jeune femme dans l'arrière-port démontrait que le ou les personnes connaissaient vraisemblablement les lieux. Elle ne pouvait, en aucun cas, avoir été victime d'un rôdeur ou d'un accident, sinon, pourquoi le corps serait-il revenu de Paris au Guilvinec ? Pourquoi ce retour par un autre moyen que le train pourtant réservé par la victime, il suffisait de l'attendre à son arrivée.

Au moment où ils s'apprêtaient à quitter le patron, Joël Le Traon arriva à son tour. Il paraissait satisfait et impatient de confier ce qu'il savait, il attaqua aussitôt :

— J'ai fait le tour du voisinage de l'arrière-port, rive gauche, c'est-à-dire côté Léchiagat, je n'ai rien découvert. Par contre, rive droite, je pense détenir un début de quelque chose. En fermant leurs volets avant de se coucher, deux personnes situées à des endroits différents ont vu une Mercedes noire, haut de gamme, passer au ralenti, s'arrêter à proximité du pont, puis repartir tout doucement sans que personne n'en soit sorti et franchir le pont vers le lycée.

— Et alors ?

— Attendez, j'y arrive. Je n'ai pas pris en compte cette information sur le coup. Mais, il se trouve qu'un jeune homme qui sortait son chien dans son jardin, devant chez lui, avant de se coucher, a lui aussi remarqué la Mercedes noire, mais arrêtée dans l'autre sens, près du pont, et deux personnes sont remontées dans la voiture après avoir refermé le coffre arrière.

— Des hommes, des femmes ? s'impatientait le patron.

— Il se trouvait dans son jardin à plus de cent mètres et il a été incapable de le préciser. La voiture est passée ensuite devant chez lui, mais avec des vitres teintées, à cette heure, il lui a été impossible de voir qui et combien de personnes se trouvaient à l'intérieur.

— A-t-il noté le numéro d'immatriculation de la voiture, n'en serait-ce qu'une partie ? demanda le patron.

— Là, il faut que je vous dise, ce jeune homme a quelques problèmes. Il est malheureusement connu dans le quartier. Il a plus de vingt ans mais un âge mental de dix ou douze ans. Il vit chez ses grands-parents, ses parents se sont séparés et l'ont abandonné. J'ai essayé de discuter avec lui plus précisément… mais comment vous dire… c'est le genre de type pour qui Hong Kong c'est un gorille et la bande de Gaza, des gars qui ne sont pas du Guil ! Quant à l'échelle de Richter, il ne faut pas lui poser la question, il serait capable d'aller se renseigner au magasin de bricolage du coin ! Mais il reste d'un naturel fondamentalement enjoué.

Le sérieux, très pince-sans-rire, de Joël pour décrire le personnage fit rire le trio qui l'écoutait. Il parut assez fier de son petit numéro.

— Il a fallu faire preuve de patience pour obtenir tout ce que je viens de vous livrer en quelques secondes. Il est collectionneur de voitures miniatures, c'est sa seule passion avec son petit chien. C'est de cette manière que j'ai pu affiner ce qu'il avait vu, d'après l'étoile de la marque. Ce serait donc une Mercedes haut de gamme, mais impossible d'en donner la classe ni un signe distinctif précis. Quant à l'heure, il faut le suivre, il ne sait pas la lire ! Par contre, il se passionne pour les chiffres. Alors, pour vous donner un exemple, il est sorti à deux mille deux cent seize pour vingt-deux heures seize ! Le matin, il se lève à huit cent quinze, car c'est ce qu'il lit sur sa montre à quartz avec écran à cristaux liquides dont il est très fier !

— Je vois !

— Tout cela pour vous dire que les deux autres personnes ont vu la voiture passer dans un sens et le jeune homme l'a bien vue repartir du pont et repasser dans l'autre sens avant de disparaître. Sinon, personne n'a rien remarqué. Je sais, c'est maigre, mais c'est tout de même quelque chose.

— En effet, c'est tout de même quelque chose comme vous dites. Il faut se renseigner dans l'entourage de Jacques Kérity. Vérifier si quelqu'un possède une Mercedes noire, haut de gamme. Et aussi demander à la préfecture la liste des Mercedes haut de gamme noires immatriculées en Cornouaille.

Chacun mesurait tout le travail qu'il devait réaliser pour espérer voir apparaître quelque chose à quoi s'accrocher pour véritablement entamer l'enquête, ce qui sembla décourager quelque peu Joël lorsqu'ils regagnèrent leur bureau.

Mais François et Phil lui insufflèrent de l'optimisme. Ils voulaient lui donner le sentiment que rien ne lui paraisse si haut, si difficile, qu'il ne puisse l'atteindre avec de la volonté. Ils lui dirent qu'il devait désormais être capable de tous les entêtements afin d'obtenir ce qu'il voulait. Il devait se sentir inaccessible au doute, investi d'un inaltérable espoir. Il devait croire totalement en l'avenir, être confiant, plein d'ingénuité et laisser chacun se débattre avec ses démons. Et sur cette enquête, ils avaient une chance inouïe, ils étaient trois pour la mener ! Lors de la conclusion, François remarqua que Joël semblait être ailleurs, il l'interpella :

— Dis-moi si je me trompe, mais j'ai l'impression que tu ne nous écoutes pas ! Nous t'ennuyons peut-être, à moins que tu ne partages pas notre avis ?

— Si, si, tout à fait. Mais une telle affaire… c'est quelque chose de tellement nouveau pour moi !

— Avec l'expérience, tout arrive et on s'y fait !

Ils bouclèrent leurs travaux en cours avant de se séparer.

4

Jeudi 18 octobre 2007.

Ils avaient passé la journée de mercredi à faire avancer les recherches sans se soucier des résultats de celles-ci. Ils ne pouvaient se défaire de l'idée d'une bizarrerie dans ce meurtre sans pouvoir la formuler, tellement d'éléments dans cette affaire posaient problème ! Alors, ils s'échinaient à confronter les hypothèses et les détails, les impressions et les faits, les paroles dites et les pensées supposées, tellement il leur déplaisait d'en rester là, inopérants, car tous avaient à cœur de découvrir le ou les meurtriers pour élucider cet assassinat. Et leur impatience reprenait le dessus, l'impatience de n'avoir aucune ouverture, rien qui puisse leur fournir un départ solide dans cette enquête. Mais une affaire de meurtre ne ressemble jamais à aucune autre. Ils le savaient. Ils devaient travailler intensément pendant les premiers jours qui sont souvent déterminants.

Phil, habituellement si calme et pondéré, finissait même par s'agacer :

— J'ai l'impression que l'on dispose de tas d'éléments qui se télescopent, mais qui ne collent pas. L'absence de mobile me défonce !

Au cours de la matinée, tandis que Joël venait d'avaler son énième café et que Phil et François le lui faisaient remarquer, la sonnerie du téléphone de Phil retentit. Une fois les formules de politesse évacuées, il prit rendez-vous.

— Non, pas de problème monsieur Trémeur, d'accord pour dans une demi-heure.

Il resta songeur quelques instants avant de donner une explication à ses collègues qui n'attendaient que ça :

— Guy Trémeur ne me semble vraiment pas à l'aise dans ses baskets. Il veut absolument me rencontrer, il a des révélations à faire…

— Tiens, tiens, tiens, est-ce que ça commencerait à bouger ? demanda François tout haut.

Phil et François décidèrent de le recevoir tous les deux et expliquèrent à Joël qu'il était préférable qu'il ne participe pas à l'entretien afin que Guy Trémeur n'ait pas à parler devant un compatriote du Guil. Il serait ainsi plus libre de s'exprimer surtout si des révélations devaient entacher la respectabilité de certaines personnes, ce qu'il comprit et accepta parfaitement.

Une demi-heure plus tard, Guy Trémeur se présenta. Phil et François le guidèrent dans un bureau où ils pourraient parler plus confidentiellement. Il était toujours aussi élégamment vêtu, mais son air en disait long sur les inquiétudes qui devaient le miner. Ils l'installèrent et lui proposèrent un café qu'il accepta. Ses traits étaient tirés, ses mains tremblaient, son regard trahissait l'angoisse qui le rongeait sans doute depuis plusieurs jours et plusieurs nuits. Phil installa son ordinateur portable et François s'assit à côté de lui tandis que Guy Trémeur avait pris place face à eux sur une simple chaise. Les trois cafés arrivèrent, mais ceci ne détendit aucunement Guy Trémeur qui commença laborieusement à s'expliquer :

— Je voulais vous voir car, l'autre jour, je ne vous ai pas tout dit. Je ne pouvais pas le faire devant ma femme… vous comprenez… lâcha-t-il, péniblement, comme le début d'une délivrance, d'un fardeau qu'il voulait déposer.

Après avoir longtemps regardé son gobelet de café, il releva le regard pour rechercher celui des OPJ afin de leur confier ce qu'il avait sur le cœur. Phil et François approuvèrent de la tête, sans prononcer le moindre mot, comme un encouragement à poursuivre.

— C'est compliqué et je ne sais pas très bien par quoi commencer…

— Partez du plus loin et dites tout ce que vous voulez, puis ensuite nous reclasserons vos déclarations pour les éclaircir. Vous savez, chaque être humain a en lui une chambre secrète où sont entreposées bien des choses… Ouvrez la porte, sortons-les et ensuite, nous tenterons ensemble d'en reconstituer la chronologie…

Il baissa les yeux, rassembla ses pensées, son courage et Dieu sait quoi, puis releva à nouveau la tête. Le ton apaisant de François l'encouragea à se lancer, car visiblement la peur le tenaillait et l'empêchait sans doute de raisonner. Ils notèrent alors le changement dans sa voix.

— Voilà… l'autre jour, vous m'aviez demandé ce que j'avais fait le jeudi… Comme tous les jeudis, je viens à ma boutique de Quimper et vous aviez dit que vous alliez vérifier auprès de mon personnel et depuis, je ne vis plus, alors il faut que je vous dise…

— Nous vous écoutons.

— Tout d'abord, Fatou, je l'ai réellement rencontrée à Quimper par hasard, comme je vous l'ai dit. C'était juste après son mariage avec Jacques. Nous avions effectivement pris un café ensemble. Là, elle m'a confié que, finalement, c'était avec moi qu'elle aurait préféré vivre et m'a donné des tas de raisons, vraies ou fausses d'ailleurs, que je ne vous expliquerai pas ici. Mais, tout ce que je vais vous confier à présent, j'aimerais que ma femme ne le sache jamais, vous comprenez ?

Guy Trémeur semblait à peine les voir. Il luttait pour refouler ses émotions et cette lutte commençait à l'épuiser.

Sa voix devenait presque une supplique :

— Elle était tellement attirante, je ne sais pas ce qui m'a pris, je lui ai confié que j'éprouvais aussi des sentiments pour elle et, dès lors, nous n'avions plus qu'une envie, celle de nous retrouver. Par souci de discrétion, nous avions décidé de nous rejoindre dans un hôtel à l'extérieur de Quimper, vous savez à la sortie, il n'y a là jamais personne dans la journée. Le matin, je passais pour réserver une chambre que je payais en espèces et le problème était réglé, tout fonctionnait par code ensuite, ni vu ni connu.

— Oui, nous voyons…

— Nous nous sommes retrouvés de nombreux jeudis. Ma vie avait changé. J'étais fou et prêt à faire n'importe quoi pour elle, tellement elle était divine... Vous ne pouvez pas comprendre cela...

Les OPJ ne disaient rien, se contentant d'approuver de la tête afin de l'inviter à poursuivre :

— Et voilà qu'il y a peu de temps, vers la fin septembre, elle est arrivée complètement défaite. Elle venait d'apprendre que ses parents, surtout sa mère, souffraient de graves problèmes de santé et qu'il lui fallait de l'argent pour les soigner. Elle ne voulait pas solliciter Jacques, et comme j'étais son « homme de cœur », comme elle me disait toujours, elle m'a demandé de le lui prêter, sachant qu'elle me les rembourserait lorsque nous répartirions le solde à venir de la dissolution de l'armement. Elle m'avait indiqué que Jacques lui aurait dit qu'il lui donnerait sa part pour en faire ce qu'elle voulait.

— Quel était le montant demandé ?

— Trente mille euros...

— Ah, tout de même ! Et vous les lui avez donnés et de quelle manière ?

— J'ai effectué plusieurs chèques sur différentes boutiques, comme si c'était à des fournisseurs, pour vingt mille euros, et j'ai retiré dix mille euros de mes comptes en liquide. Je lui ai remis le tout, jeudi 4 octobre dernier... Je pense qu'à un moment où à un autre, ces sommes vont être relevées sur son compte, car j'imagine qu'elles y sont sans doute encore, alors...

— Vous aimeriez bien les récupérer discrètement...

— Oui... c'est ça... si c'était possible...

— Malheureusement pour vous, nous craignons que les choses soient bien plus compliquées que cela. Mais, dites-nous, jeudi 11 octobre, jour du meurtre, vous ne deviez pas vous retrouver ?

— Mais, si justement, et là, je me suis demandé ce qui se passait. Elle m'avait donné rendez-vous comme d'habitude, mais elle n'est pas venue. Nous étions convenus de ne pas nous appeler, si bien que j'ai regagné ma boutique dans l'après-midi, sans savoir… Et c'est vous qui m'avez appris le lendemain qu'elle se trouvait à Paris et qu'elle avait envoyé ce message… Je n'arrive pas à réaliser pourquoi. Tout marchait bien entre nous, pourtant. Je vous jure que je n'y comprends rien. Je suis perdu… Je deviens fou avec cette affaire… Je ne dors plus, je suis incapable de manger, je perds du poids, je ne peux pas continuer comme ça… Avec mon diabète, ce n'est pas bon en plus…

— Nous comprenons votre situation et vos préoccupations. Nous ne vous cachons pas que vous vous êtes mis dans de sales draps, mais « peine d'argent n'est par mortelle », dit-on. Pour l'instant, votre adultère ne nous intéresse pas, nous devrions pouvoir l'ignorer, tout au moins dans un premier temps ! Ce qui nous intéresse davantage, ce sont les sommes que vous lui avez « avancées ». La dernière fois que vous l'avez côtoyée intimement, comment l'avez-vous perçue ?

— Paniquée, en proie à une douloureuse inquiétude, il s'agissait de sauver sa famille, je la comprenais…

— Et s'il ne s'agissait pas de sauver sa mère, mais de payer une dette ou quelque chose de ce genre à Paris ?

— Une dette ? À Paris ? Mais, non… je ne peux pas croire…

— Ou encore, si elle était victime d'un chantage ? Sachez que la frontière est très mince entre l'aveuglement et la stupidité et qu'il faut parfois réfléchir avant d'agir…

— Elle m'a paru tellement sincère et déboussolée que je n'ai pas pu lui refuser quoi que ce soit.

Mais Guy Trémeur réalisait au même moment qu'il s'était sans doute fait arnaquer par cette femme, qu'elle lui avait sans doute menti pour cacher la réalité. Son monde venait de s'écrouler : il était venu avec ses certitudes et ses inquiétudes, il allait repartir avec une angoisse et des doutes profonds.

— Vous pensez qu'elle a été victime d'un règlement de comptes ? Ou quelque chose de ce genre ?

— Nous n'en savons rien. Ce qui est certain, c'est que nous allons faire appel à la brigade financière pour examiner ses comptes… Afin de gagner du temps, nous vous demandons de réclamer les photocopies de vos chèques, recto-verso, auprès de votre banque, question de suivre leur itinéraire.

Ils poursuivirent l'entretien sans apprendre d'autres nouvelles informations. Guy Trémeur quitta le bureau plus inquiet encore qu'en entrant, contrairement à ce qu'il avait pu espérer. Il était venu chercher un peu de réconfort et, peut-être même, un moyen de s'en sortir élégamment, il n'y avait trouvé ni l'un ni l'autre.

Il avait désormais les traits tirés, les yeux hantés de ceux qui vivent un cauchemar. Et les OPJ pensaient que rien n'était plus lourd que la peine que devait porter à cet instant cet homme déjà fragilisé par son état de santé. La peine est une fosse profonde comme un puits sans fond, les abysses de certains océans, elle avale, étouffe, broie.

Aussitôt Phil et François en firent part au patron qui lança la Brigade Financière sur les comptes de Fatou et, indirectement, sur ceux de tout le beau monde touché de près ou de loin par cette affaire.

Le patron préconisa aussi de se mettre en rapport avec le Sénégal et de lancer une enquête sur l'environnement et la famille de Fatou : moralité, finances, tout devait y passer… Il ne restait qu'à attendre les premiers résultats, mais nul doute qu'ils ne tarderaient pas, compte tenu des accords de coopération avec ce pays.

Ils retrouvèrent Joël Le Traon penché sur des listings.

En les entendant arriver, il tourna les yeux vers eux avant de s'exprimer d'une voix sourde visiblement empreinte de frustration :

— Je suis en train d'éplucher toutes les immatriculations de Mercedes noires.

— Pas d'épluchure suspecte ?

— Pas pour l'instant.

— Tu sais que si tu réussis, on va te nommer « le fils caché de Sherlock et d'Agatha… » !

— Ne vous fichez pas de moi ! Et vous, Trémeur ?

Ils lui racontèrent brièvement l'entretien et le lancement des nouvelles démarches, puis proposèrent d'aller s'acheter un casse-croûte afin de gagner du temps pendant le déjeuner. Joël préconisa de s'en occuper immédiatement et se leva prestement de son siège.

Phil en profita pour appeler son épouse, Gwen, la prévenir qu'il ne rentrait pas et lui demander si elle allait bien : la grossesse avançait, plus qu'un mois ; cette idée ne le quittait plus un seul moment de chaque journée.

Ils prenaient leur café, tous les trois, après la minipause déjeuner quand le téléphone de Phil sonna :

— Je suis Jean-Paul Kerlarun, vous voyez qui je suis ?

— Bien sûr, alors que se passe-t-il ?

— Je viens de voir Guy Trémeur, il y a quelques instants... heu... disons, tout à fait confidentiellement...

— Oui, et alors ?

— J'aimerais vous rencontrer, le plus rapidement possible...

— Bien sûr, dans combien de temps ?

— Une demi-heure, peut-être moins, je suis à Quimper, le temps de me rendre chez vous.

— Eh bien, d'accord !

La communication coupée, Phil afficha un large sourire et annonça :

— Je crois que nous ne sommes pas au bout de nos surprises ! Voilà que monsieur Kerlarun veut également nous rencontrer de façon urgente !

— J'espère qu'il ne va pas nous apprendre que lui aussi la sautait ; je ne pourrai pas le croire ! s'esclaffa François.

— Non, je ne crois pas, il a plus la tête de quelqu'un qui lui refile du fric contre seulement la promesse... de pouvoir, peut-être un jour, la sauter ! surenchérit Phil.

Ils décidèrent de procéder comme avec Guy Trémeur afin de mieux l'écouter. Moins d'une demi-heure après, il déboula, ce fut le cas de le dire, tant il paraissait nerveux, agité, pressé de rencontrer les OPJ. Cet homme ventripotent avait le visage plus rougeaud que jamais, le sang avait dû lui monter à la tête, mais était-ce le sang ? se demandèrent les OPJ.

Phil et François l'accueillirent et le dirigèrent au bureau utilisé le matin même pour recevoir Guy Trémeur. Ils eurent à peine le temps de s'installer que Jean-Paul Kerlarun se montra pressé de s'exprimer. Il commença par se justifier :

— Guy et moi étions convenus de nous rencontrer ce midi pour déjeuner afin de décider un peu de l'attitude à adopter vis-à-vis de Jacques…

— À son insu ?

— Heueu… oui, enfin, c'était pour voir ce qu'on pouvait faire pour lui, nous sommes tous embêtés dans cette affaire… Alors, on voulait réfléchir et en discuter tous les deux.

— Oui, je comprends, se contenta de répondre Phil pour ne pas trop le déstabiliser.

— Et, à cette occasion, Guy m'a donc dit qu'il vous avait rencontrés ce matin et vous avait avoué avoir prêté une somme d'argent à Fatou.

— En effet… Vous a-t-il évoqué les conditions de ce prêt et les raisons ?

— C'était pour faire face à un grave problème de santé des parents de Fatou, surtout sa mère.

— Oui, et alors ?

— C'est que… Il faut que je vous dise certaines choses. Mais je n'en ai pas parlé à Guy, vous comprenez, ça me gêne… Voilà, c'était au début de l'été, Fatou était toujours en train de m'aguicher et je l'ai croisée par hasard, un jour, en venant à Quimper. Nous nous sommes arrêtés pour échanger quelques mots et là, elle m'a dit qu'elle avait toujours rêvé de pouvoir monter dans un grand camion comme ceux de ma flotte et de faire un voyage. Je lui ai dit que ce n'était pas un problème, si elle voulait, je pouvais l'emmener un jour. Elle a aussitôt insisté pour que ce soit le plus rapidement possible. Alors, je me suis arrangé avec un chauffeur quelques jours après pour qu'il me laisse sa place discrètement, sans en parler à mon épouse et je l'ai emmenée. Elle était marrante… et folle de joie.

Il souriait en pensant certainement à cette évocation. L'inquiétude précédente venait de se dissiper, l'espace d'une fraction de seconde. Mais la réalité reprit sa place aussitôt.

— C'était un simple aller-retour sur le MIN de Nantes dans la journée. Mais, au moment d'un arrêt sur une aire de stationnement pour une pause… elle s'est montrée… comment dire…

Il se mit à bafouiller, ne trouvant pas ses mots, mais déjà Phil et François avaient compris de quoi il allait leur parler. François l'aida :

— Entreprenante, c'est ça ?

— Oui, tout à fait ! D'habitude, ce sont les hommes qui provoquent, là c'était elle. Bref, j'ai cédé… Mais je vous demande une totale discrétion sur cette affaire. Dans les semaines suivantes, elle m'a demandé à plusieurs reprises que nous refassions le même voyage. Elle était extraordinaire, jamais je n'aurais cru qu'un jour cela puisse m'arriver. Je n'étais plus le même, elle m'avait transformé. Elle m'a même dit que c'était avec moi qu'elle aurait voulu vivre et je passe sur des tas de choses. Toujours est-il que, fin septembre dernier, elle voulait absolument me voir et là je l'ai trouvée complètement bouleversée. Elle venait d'apprendre que…

— Oui, nous savons, ses parents, et surtout sa mère, avaient de graves problèmes de santé et il lui fallait de l'argent pour les soigner, elle vous a sollicité pour que vous lui en prêtiez et elle vous remboursera sur l'argent à venir de l'armement…

— Oui, c'est exactement ça ! Comment le saviez-vous ? C'est ce qu'elle a aussi dit à Guy Trémeur ?

— Pour être franc, oui ! Pour être tout à fait honnête avec vous : vos deux histoires sont identiques !

— Vous voulez dire que Guy, aussi… avec Fatou ?

— Hum, hum, même manège ! Ce qui pour nous change pas mal de choses.

— Qu'il l'ait…

— Non. Sachez que, nous, le problème d'adultère ne nous touche guère, l'important c'est cette manière répétée de soutirer de l'argent, combien vous a-t-elle demandé ?

— Trente mille euros… comme à Guy, mais, je vous le répète, je ne lui ai rien dit. Il croit qu'il est seul dans ce piège. Il se mit à réfléchir quelques secondes et rajouta : quand il m'a dit qu'il lui avait prêté de l'argent, j'avais bien pensé que lui aussi… Toujours aussi pudique, n'osant pas dire les choses, Jean-Paul Kerlarun venait de comprendre son infortune, réalisant qu'il avait tout fait jusqu'à cet instant pour endiguer l'humiliation qui l'envahissait, tel un flot tempétueux, afin de se focaliser sur le problème posé par l'argent prêté… Mais, au-delà de ce problème financier, cette histoire d'amour à laquelle il avait dû croire, au moins partiellement, venait de s'effondrer également.

— De quelle manière avez-vous remis les fonds demandés ?

— Une partie par chèque, comme si c'étaient des réparations de camions, pour quinze mille euros environ, et le reste, je l'ai retiré en liquide sur différents comptes personnels…

— Pouvez-vous demander la photocopie des chèques, recto verso, afin que nous puissions reconstituer leur parcours ?

— Oui, je vais faire le nécessaire auprès de ma banque…

Ils enregistrèrent la déposition de Jean-Paul Kerlarun sans découvrir de nouvelles informations. Il devenait évident que Fatou Kérity se présentait désormais sous un jour bien différent de celui que son époux avait évoqué. Et si l'approche de madame Trémeur était la plus proche de la réalité ? Indéniablement, Fatou avait manigancé un scénario bien au point, dissimulant certainement une autre situation qu'il restait aux OPJ de découvrir. Pourquoi ces fonds ? Pour qui ? L'angélisme de cette jeune femme venait d'en prendre un sérieux coup avec ces deux déclarations successives ! Tout cela pour finir aussi tristement. Elle n'en avait pas joui, mais ces sommes ne devaient pas être perdues pour tout le monde, restait à savoir à qui elles profitaient.

Le compte-rendu au patron fut sans appel, il fallait désormais découvrir qui vivait dans l'environnement de cette femme et comprendre la destination de ces fonds.

Un nouvel entretien avec l'époux s'imposait… Phil le convoqua dans la soirée.

Lorsqu'il se présenta, il semblait plus résigné que

les jours précédents. Il avait dû accepter la réalité de la situation.

Il n'en demeurait pas moins marqué par le chagrin et surtout, paraissait, terriblement fatigué. Phil et François le reçurent dans le bureau déjà utilisé à cet effet précédemment.

Phil attaqua :

— Nous sommes désolés de vous déranger une nouvelle fois, mais nous avons quelques questions à vous poser afin de préciser certains points.

— Demandez-moi ce que vous voulez, dit-il avec un geste las comme pour dire que tout cela était dérisoire. Puis, il rajouta : avant, je voudrais savoir à quel moment je vais pouvoir récupérer son corps.

— Dès que le procureur aura donné le feu vert au légiste, mais ça ne saurait tarder, sauf si, ce qui semble être le cas, nous découvrons des éléments nouveaux qui pourraient retarder encore les choses.

Il ne semblait pas avoir écouté les propos de Phil, pourtant ceux-ci auraient dû le faire réagir.

Au contraire, il suivait toujours son idée, visiblement ailleurs, car il demanda :

— Est-ce que j'ai le droit de l'enterrer au Guil ?

— Oui, bien sûr, pourquoi ?

— Parce que j'ai reçu un appel téléphonique de celui qui s'est présenté comme « son père » et qui m'a dit qu'il allait engager une démarche pour réclamer qu'elle soit enterrée au Sénégal. Alors, je ne sais plus que faire… Et cette nuit, comme je ne dormais pas, j'ai pensé à une chose. Je crois que je vais vendre toutes mes affaires pour ne garder que ma maison du Guil ou l'appartement et aller vivre là-bas, à Saint-Louis. Connaissant bien le milieu de la pêche et du mareyage, je pourrai bien créer une petite affaire là-bas. De toute façon, j'aurai assez d'argent pour vivre tranquillement…

— Vous aviez prévenu sa famille ?

— Non !

— Qui l'a fait alors ?

— Je ne sais pas, ce n'est pas vous ou vos services ?

— Pas que nous sachions ! Pouvons-nous avoir l'origine de l'appel, question de vérifier certaines choses ?

— Bien sûr. J'ai reçu l'appel sur mon portable, tenez !

Il tendit le téléphone à Phil qui s'activa aussitôt sur le compteur des appels reçus.

Dès qu'il s'afficha, il se leva aussitôt pour confier l'appareil à Joël Le Traon afin qu'il effectue des recherches et lui demanda d'en profiter pour relever les derniers appels émis et reçus. Puis il revint à son bureau, face à Jacques, tandis que François parlait avec lui.

— Où en étions-nous ? Ah oui, vous disiez que vous vouliez quitter la région pour aller vivre à Saint-Louis, n'est-ce pas trop précipité et prématuré ?

— Non, je ne le crois pas. Il m'a été difficile d'analyser exactement ce qui m'était arrivé, car j'ai été très secoué. Désormais, je voudrais vivre différemment, j'ai d'ailleurs envie d'aller y faire un tour dans les semaines à venir et après, je pense que je me lancerai. Si ça se trouve, je vais pouvoir rencontrer là-bas une femme comme elle et créer, comme je vous le disais tout à l'heure, une entreprise de mareyage, avec l'expérience que j'ai, je pourrai peut-être même faire fortune dans le poisson !

— Qui sait ? Revenons à ce que nous voulions vous demander. Savez-vous comment était organisée la journée de votre épouse ?

— Nous occupions l'appartement de Quimper, comme je vous l'ai déjà dit. Elle avait installé son bureau dans une des chambres afin de tenir tous les comptes. Je partais très tôt le matin et ne rentrais jamais avant vingt heures le soir.

— Vous ne vous voyiez pas de la journée alors ?

— Non… Au début, si, quand on se retrouvait dans la maison du Guilvinec à l'heure du déjeuner. Mais, dès notre mariage, elle est venue s'installer à Quimper pour ne pratiquement plus revenir au Guilvinec. Le soir, je lui ramenais les factures et les chèques, elle s'occupait de la banque et travaillait avec l'expert-comptable pour les comptes. Quant aux expéditions, celles-ci se faisaient depuis le magasin où une autre employée gérait l'administratif que je redescendais à Fatou. Il n'y avait aucun problème, elle s'occupait bien de tout : l'appartement était toujours en ordre et mes vêtements, toujours repassés et rangés à leur place, le repas, préparé. Nous dînions ensemble, c'était vraiment bien… Une lueur de clarté illumina quelques secondes son visage et ses yeux.

— Vous ne saviez absolument pas ce que faisait votre épouse durant ses journées ?

— Non. Pourquoi ?

— Pour rien. Votre épouse vous a-t-elle évoqué, un jour, que sa famille rencontrait des problèmes de santé ?

— Oui, fin septembre. Comment savez-vous cela ? Elle était bouleversée. Elle avait dû l'apprendre dans la journée. Je lui ai dit de ne pas s'inquiéter et je lui ai donné un chèque. Je lui ai même annoncé que c'était une avance sur ce que je comptais lui donner lors de la dissolution de la société d'armement. Au fond, un peu plus tôt ou un peu plus tard, ceci n'avait guère d'importance... Je venais déjà de lui offrir un 4x4 flambant neuf. D'ailleurs, à cette occasion, elle avait été très touchée et émue par ce cadeau et en avait pleuré. Elle n'en voulait pas au début, elle disait que c'était beaucoup trop et surtout trop cher.

— Vous souvenez-vous du montant du chèque que vous lui aviez remis ?

— Oui, bien sûr. Quarante mille euros, pourquoi ?

— Pourriez-vous demander à votre banque de vous procurer la photocopie recto-verso de ce chèque ?

— Oui, bien entendu. Mais, pourquoi ces questions ? Cette somme, je la lui ai donnée. De toute façon, je ne m'en servais pas, elle dormait sur un compte à la banque. Quand mes parents sont décédés, ils m'ont laissé un gros portefeuille de titres, un paquet de bons et d'assurance-vie en plus de tout l'immobilier et de la société... Alors, comme je ne risque pas de dépenser tout cet argent avec la vie que je mène, de toute façon... valait autant que ça serve, et pour une bonne cause en plus...

— Oui. Nous comprenons. Nous aimerions cependant connaître la réelle destination des fonds.

— Pourquoi ? Il y a un problème ?

— Nous l'ignorons, nous cherchons juste à vérifier, rajouta François, du bout des lèvres, pour ne pas l'interloquer.

La naïveté de Jacques Kérity était déconcertante. Pour cet homme, un travail rude avait constitué toute sa vie. L'arrivée de cette femme avait été pour lui la découverte d'un autre monde. Aucune question ne pouvait venir l'ébranler dans ses convictions.

Pour lui, tout était évidemment simple et clair, comment pouvait-il en être autrement ?

Joël Le Traon vint les rejoindre juste avant le départ de Jacques Kérity, pour restituer le téléphone portable, mais ce dernier ne posa aucune question sur le sujet. Puis il repartit comme il était venu, accablé par son malheur. Mais nul doute qu'un certain nombre de questions devaient désormais l'interpeller.

Le patron réunit les trois OPJ afin de faire le point de ce dossier qui prenait finalement une tournure particulière. Ceci leur valut une réflexion sur l'humour de Joël qui ne put s'empêcher cependant de lancer :

« Dans cette affaire, rien n'est ni tout blanc ni tout noir ! » Chacun sourit à ce jeu de mots, sans relever davantage. Au même moment, la réponse sur l'origine de l'appel reçu venait de tomber : il provenait d'une cabine publique installée en plein Dakar. Pourquoi d'une cabine publique à Dakar, si les parents habitaient à Saint-Louis ? Ce n'était tout de même pas à côté. S'agissait-il bien du père ? Comment avait-il été prévenu ? Qui se trouvait derrière Fatou ? Pourquoi ? Quel rôle jouait-elle ? Décidément, cette affaire se compliquait ! Il fallait absolument engager toutes les réquisitions et en savoir davantage sur le circuit utilisé par les fonds reçus par Fatou et creuser la question du côté du Sénégal.

5

Mardi 23 octobre 2007.

Depuis le jeudi de la semaine précédente, les trois OPJ s'étaient démenés dans tous les sens pour tenter de faire avancer leur enquête. Mais une certaine inertie en freinait l'avancement. Les premiers éléments de réponse furent déroutants.

Tous les fonds perçus par Fatou avaient été déposés sur un compte numéroté au Luxembourg ! Ce qui nécessitait d'effectuer de nouvelles démarches policières dans le cadre européen et notamment d'obtenir une commission rogatoire internationale auprès du juge d'instruction pour pouvoir y accéder, ce qui signifiait par conséquent, une nouvelle perte de temps. Cependant, le banquier luxembourgeois fut coopératif et leur annonça que les cent mille euros évoqués ne représentaient qu'une partie des fonds passés sur ce compte, mais que l'essentiel des fonds était déjà reparti vers un paradis fiscal : Kiribati, cette ancienne colonie britannique devenue indépendante en 1979. Ce tout petit état de Micronésie englobant notamment l'archipel des anciennes Îles Gilbert dont la capitale est Tarawa. Le patron appela le juge d'instruction pour lancer la procédure afin de réaliser les réquisitions nécessaires. L'affaire paraissait délicate et plus complexe qu'on ne l'imaginait au départ, car des sociétés-écrans avaient été constituées.

C'était le monde à l'envers ! En général, les fonds occultes ou mafieux des narcotrafiquants ou autres sont déposés dans des paradis fiscaux et ensuite, les titulaires cherchent par tous les moyens à les blanchir et les faire rentrer dans les circuits officiels des pays industrialisés. Ici, les fonds parfaitement légaux quittaient des lieux hospitaliers pour se fondre dans des zones plus suspectes…

L'intrigue se compliquait à souhait ! Chaque découverte ne faisait qu'apporter son nouveau lot de questions. Qui était cette femme ? À qui profitait sa mort ? Dans quel milieu réel vivait-elle ? Pour qui travaillait-elle ? Qui tenait toutes les ficelles ? Pourquoi l'avoir assassinée après qu'elle ait apporté au moins cent mille euros, et sans doute bien plus selon le banquier luxembourgeois ? Pour éviter un partage éventuel ? Mais avec qui ? Était-elle instigatrice ou victime ? Dans quel enfer évoluait-elle, alors qu'elle avait tout pour vivre heureuse et tranquille, sans se soucier de son avenir ? D'où provenaient les autres fonds évoqués par le banquier luxembourgeois ?

Le patron avoua, devant ses trois OPJ, qu'ils étaient confrontés à une affaire « bien gratinée » et que cette expérience allait être extrêmement riche pour le nouvel OPJ qu'était Joël Le Traon.

Ils convoquèrent Jean-Paul Kerlarun et Guy Trémeur pour leur annoncer que les fonds circulaient à travers le monde et qu'ils devaient déjà accepter l'idée qu'ils ne les reverraient plus. Ils tentèrent de leur faire repasser en mémoire tout ce qu'ils savaient de Fatou, mais sans succès, aucune information particulière ne vint leur apporter un nouvel éclairage.

Quant à Jacques Kérity, il paraissait toujours vivre hors du temps. Sa principale obsession était d'envisager de tout vendre, ou presque, et de partir s'installer au Sénégal, à Saint-Louis. D'ailleurs, depuis, il s'était renseigné et avait appris que plusieurs centaines de pirogues pêchaient dans ce port et que la transformation du poisson restait très balbutiante voire à organiser. Pour lui, cet élément à lui seul justifiait qu'il s'y intéressât. Désormais, cela ne faisait plus aucun doute, sa vie devait être là-bas, dans ce port dont la population représentait l'importance de celle d'une ville comme Brest. Les OPJ lui évoquèrent la fuite des capitaux qu'il avait remis à sa femme et leur disparition si particulière. Il avoua s'en fiche complètement; pour lui, ça ne changeait rien. Il avait donné ses fonds de bon cœur à Fatou pour sa famille; le reste ce n'était plus son problème, il avait tiré un trait dessus!

Quand les OPJ lui apprirent que ses deux amis lui avaient aussi offert des fonds, il s'interrogea ouvertement car il ne voyait vraiment pas pourquoi ils lui avaient proposé de l'argent et ne pouvait pas s'expliquer cette démarche. D'autant qu'il n'avait jamais rien refusé à Fatou et que, si elle avait eu besoin de davantage, elle n'avait qu'à lui demander! Vraiment, il n'arrivait pas à comprendre ce que venaient faire ses deux amis dans cette affaire.

Devant cette naïveté, autant Phil que François renoncèrent à lui annoncer que ses deux amis avaient eu des relations intimes avec son épouse et que c'était pour cette raison qu'ils avaient cédé à sa demande! Ils jugèrent que cet homme souffrait déjà suffisamment pour ne pas en rajouter. Puis Jacques Kérity précisa:

— J'ai compris une chose en vivant avec Fatou. Vous voyez, jusque-là, je pensais que la vie nous réclamait de la compassion. Eh bien, je ne le crois plus... Ce qu'elle nous demande, c'est de la célébrer et c'est désormais ce que j'ai envie de faire. Je veux désormais sortir du carcan dans lequel je m'étais enfermé, comme la plupart d'entre nous d'ailleurs. Quelle voie dois-je suivre pour cela? La mienne! Je ne peux pas me tromper, puisque je n'ai pas vécu jusque-là! Je ne peux qu'apprendre encore davantage!

Jacques Kérity s'était remis en route, fort d'une énergie qu'il n'avait pas ressentie depuis longtemps.

Il prétendait que la providence avait mis cette jeune femme sur son chemin et que celle-ci avait su donner une valeur positive aux choses de sa vie, combler l'abîme creusé par la solitude. Il ne manqua pas de surprendre les OPJ par ses propos. Cet homme semblait pour l'instant transcendé par son nouvel avenir.

Après ces trois entretiens successifs, le patron voulut établir un nouveau point de cette affaire.

N'ayant pas de relations directes avec chaque protagoniste, il percevait les choses d'une manière différente et, sans doute, avec plus de recul que ses OPJ. Le procureur souhaitait également connaître l'avancement des investigations. Ce dernier, d'ailleurs, suggéra une piste non inventoriée jusque-là. Le patron fit part de son sentiment :

— Ce détachement chez ce Jacques Kérity m'intrigue. Et s'il était à l'origine de tous ces transferts ? Car, sinon, pourquoi aurait-il subitement cette idée d'aller vivre à Saint-Louis du Sénégal ? Un type aussi casanier qui a passé toute sa vie au Guil, la tête dans le poisson. Hein ? Je vous le demande ?

— Non, objecta aussitôt Phil. Je ne peux pas l'imaginer une seule seconde. D'ailleurs, pourquoi aurait-il supprimé Fatou ?

— Parce que, peut-être, mine de rien, il avait découvert la vérité sur les agissements de son épouse, ses relations adultérines avec ses deux amis voire peut-être même avec d'autres personnes dont nous ignorons l'identité.

— Non. Ça ne tient pas. Sa femme c'était sa raison de vivre…

— Justement ! Cette femme lui a fait découvrir l'amour et la vraie vie, mais elle l'a trahi, alors il l'a fait assassiner. Comme il a découvert le vrai amour auprès d'une grande femme noire, par mimétisme, il a simplement décidé d'aller s'en chercher une semblable au pays de Fatou. Pour éviter les déconvenues précédentes, il a décidé cette fois de couper les ponts avec Le Guil et ses copains… Comme dans la grande majorité des affaires, si nous éliminons l'argent, l'amour et la haine comme mobiles éventuels, il ne reste pas grand-chose. Pour en revenir à notre cas, est-ce un crime gratuit ? Je ne le pense pas une seule seconde.

— C'est complètement dingue, avouèrent Phil et François, tout en reconnaissant qu'il y avait peut-être une piste à creuser, sans vraiment y croire.

— Autrement dit, en dehors de ce que je viens de vous suggérer, pour l'instant, vous ne savez pas ce que vous cherchez ? Pourtant, cette femme est bien morte… elle était noire et très belle. Dès lors, nous devons nous interroger : ces deux derniers critères peuvent-ils avoir un rapport avec le meurtre ? Vous êtes-vous posé la question ? Auquel cas, nous serions dans un autre registre… pourquoi pas celui d'un obsédé obnubilé par ce profil de femme ? Un tel malade qui peut très bien être de la région, l'aurait suivi pour connaître ses habitudes depuis quelque temps, l'aurait récupérée à Paris, exécutée et ramenée au Guilvinec…

— Tout est possible, comme dans toutes les affaires, mais de là à y croire… Il faut reconnaître que ce n'est pas plus improbable qu'autre chose.

— Ah, une dernière chose, le procureur pense, sans doute influencé par les turbulences actuelles dans le monde de la pêche, qu'il pourrait s'agir d'un complot émanant de personnes licenciées de la société d'armement. Alors il vous demande de recenser la liste de tout le personnel licencié suite à la vente de la SAG et de vérifier où chacun se trouvait le jour du meurtre.

Cette fois, ce fut Joël Le Traon qui s'offusqua. À ses yeux, ce n'était pas sérieux de penser une ineptie pareille. Mais, sous le regard menaçant du patron et courroucé de ses deux collègues, Joël dut aussitôt s'interrompre et tempérer ses propos pour se plier aux ordres qui venaient de tomber.

La mine renfrognée, Joël suivit ses deux collègues pour poursuivre le travail. Pour eux, cette enquête partait dans toutes les directions et aucun d'entre eux ne voyait se dessiner la moindre piste crédible et possible et, en réalité, ils se disaient que pas plus le procureur que le patron ne savaient vers où se tourner, même si ces supérieurs hiérarchiques tentaient de diriger les opérations.

Ils décidèrent qu'il fallait mettre sur écoute les trois amis et leurs épouses : portables, téléphones fixes de travail et de domicile.

De même, il fallait creuser l'environnement de ces personnes. Les résultats des réquisitions de la brigade financière devaient leur parvenir le vendredi 26 octobre.

Un peu plus tard, question de voir comment réagissaient ses trois OPJ après leur entretien, le patron demanda à Phil et François de rendre visite aux propriétaires de Mercedes noire, haut de gamme, habitant dans la région.

Il chargea Joël Le Traon de se procurer les listes du personnel licencié par la SAG au siège des Affaires Maritimes du Guilvinec-Léchiagat. Puis d'approfondir son enquête de voisinage sur Le Guilvinec : d'une part, autour de l'arrière-port où avait été découvert le corps de Fatou et, d'autre part, dans l'environnement des trois amis.

« Efficacité et discrétion ! » avait-il rajouté avant qu'il ne quitte leur bureau.

Il leur donna rendez-vous le jeudi soir pour refaire

le point avant de passer à l'analyse des résultats présentés par la brigade financière, le vendredi matin.

*

Jeudi 25 octobre 2007 - fin d'après midi.

Phil et François venaient de rentrer sans avoir obtenu le moindre résultat positif de leurs investigations auprès des propriétaires de Mercedes noire, haut de gamme. Rien. Mais, rien de rien…

Joël Le Traon revenait également du Guilvinec. Il venait de déposer les listes du personnel licencié par la société d'armement. Mais son attitude surprit Phil et François, il paraissait complètement excité au point que ses deux collègues pensaient qu'il avait décelé un élément déterminant.

— Alors Joël, t'as découvert quelque chose ?

— Non. Rien ! Par contre, au Guil, ça chauffe, tous les marins parlent de se mettre en grève. C'est chaud là-bas !

— Et pourquoi, que vient-il de se passer aussi brutalement ?

— Non, ce n'est pas brutal, avec la hausse régulière du prix du carburant, la tension montait depuis quelque temps déjà. La goutte d'eau qui a fait déborder le vase, c'est un contrôle des douanes en mer, ce matin, sur un chalutier au large du Guil. Sur le quai, là-bas, il se disait que la vedette des douanes avait été poursuivie par des chalutiers. L'administrateur des Affaires Maritimes n'est pas à l'aise et la menace de porter l'affaire devant le tribunal a immédiatement fait réagir les marins.

— Eh bien !

— Il paraît que ça a braillé sur la VHF ! Les patrons ont décidé de rentrer au port pour rencontrer l'administrateur. Et, en début d'après-midi, c'est plus de soixante côtiers du Guil et de Concarneau qui sont entrés au port du Guil pour pousser leur coup de gueule !

— C'est à ce point ?

— Tous les marins sont excédés, il faut savoir que la moitié des bateaux sont dans le rouge. Si le prix du gazole continue à monter et si le mauvais temps s'en mêle cet hiver, beaucoup ne passeront pas le cap. Depuis le début de l'année, le fonds de prévention des aléas de la pêche, le FPA, ne compense plus la flambée du prix du carburant. C'est le problème majeur des entreprises, il ampute de trente pour cent le chiffre d'affaires des hauturiers et alourdit le coût d'exploitation des bateaux, si bien que certains ne peuvent plus payer leurs équipages ou à des salaires catastrophiques de trois cents à cinq cents euros pour quinze jours de marée !

— Mais c'est de la folie ! explosa François, sensible à ce sujet qu'il connaissait, devant Phil médusé et moins averti des problèmes de la pêche.

— Oui, comme tu dis ! Avec la diminution des ressources, ils pêchent mal et les prix du poisson sont au plus bas sous criée et au plus haut à l'étal. Qui peut avoir envie de faire ce métier dans de telles conditions ? Du coup, la pénurie de main-d'œuvre bloque certains bateaux à quai. Là, je crois que les marins ont crié leur colère.

— Et que va-t-il se passer ? demanda Phil, inquiété par les propos de Joël.

— Aux Affaires Maritimes, ils ont exigé la fin des contrôles en mer et leur harmonisation et demandé à l'État de remettre en place un système pour compenser le prix du carburant. Il appartient maintenant au cabinet du ministre d'examiner les solutions. Mais les marins ont été clairs, semble-t-il : sans réponses satisfaisantes lors du conseil supérieur d'orientation des politiques halieutiques mardi prochain, c'est-à-dire le 30 octobre, les pêcheurs annoncent un mouvement violent. C'est sûr, ils ne veulent pas crever comme ça sans rien dire et je les comprends !

Le patron se présenta au même moment et s'inquiéta de voir ses trois OPJ avec l'air consterné. Il pensa à un problème de déroulement de l'enquête mais, rapidement, Joël Le Traon lui expliqua les faits. Malgré le souci que représentait le problème de la pêche dans la région et auquel il n'était pas indifférent, le patron en revint rapidement à leur affaire. Ils le suivirent tous les trois dans son bureau pour rendre compte de leur travail.

Le résultat était nul côté Phil et François. Joël Le Traon, lui, avait obtenu un nouveau témoignage d'une personne qui avait aperçu également une Mercedes noire de forte cylindrée, aux vitres entièrement teintées ne permettant pas d'en distinguer les occupants. Ce dernier croyait pouvoir dire qu'il ne s'agissait pas d'un numéro du département, il assurait même être certain qu'il ne s'agissait pas d'un « 29 » sans pouvoir dire, pour autant, quoi que ce soit de plus. Ceci fit réagir Phil et François :

— Nous venons de passer deux jours sur cette voiture, simplement pour la Cornouaille. Si nous devons faire toute la France, bonjour les dégâts ! s'exclama Phil.

Le patron approuva de la tête. Le renseignement était trop mince, mais cette indication pouvait laisser penser que cette voiture venait d'une autre région et, pourquoi pas, dans ce cas, de Paris ou de la région parisienne ? Mais dans cette hypothèse, comment les propriétaires de cette voiture avaient-ils pu identifier Fatou, la ramener au Guil, la supprimer, puis s'en débarrasser dans l'arrière-port et disparaître à nouveau, sans doute en repartant à Paris ? lis avaient certainement un lien quelconque avec Jacques Kérity ou connaissaient au moins la ville de résidence initiale de Jacques et Fatou.

Chacun se mit à réfléchir, lançant les idées qui lui passaient par la tête. Le patron proposa d'examiner la liste des principaux clients de l'affaire de marée de Jacques Kérity sur Paris, Rungis et la région, voire ses concurrents directs. Mais ils mirent rapidement l'idée de côté, car, à ce rythme, il faudrait multiplier le nombre d'OPJ sur cette affaire par dix pour circonscrire toutes les hypothèses. François rajouta même :

— Pourquoi ne pas se rendre au Sénégal aussi, tant qu'on y est, pour enquêter dans l'environnement de la famille de Fatou ! Non. Je crois que nous devons attendre demain pour prendre connaissance des informations financières et, après, nous verrons, sinon, nous allons partir dans tous les sens et ceci risque de ne nous mener nulle part.

Finalement, tout le monde approuva. Le patron accepta aussi l'idée d'attendre pour vérifier l'emploi du temps du personnel de la SAG le jour du meurtre, en raison de la tension qui régnait au port du Guilvinec, au grand soulagement de Joël.

*

Vendredi 26 octobre 2007.

François et Joël venaient de faire couler leur café et s'étonnaient de ne pas voir arriver Phil. Ils lui prirent également un café qu'ils apportèrent au bureau. Il n'allait certainement pas tarder, il était toujours en avance habituellement.

Mais le premier appel téléphonique reçu par François lui annonça que Phil venait d'accompagner son épouse Gwen à la maternité car elle ressentait les premières contractions. Les deux collègues souhaitèrent que tout se passe bien pour la maman et le bébé, et qu'ensuite, il vienne arroser cet heureux événement. Phil et Gwen formaient un beau couple et faisaient l'admiration de tous ceux qui les connaissaient.

Le patron les appela également au même moment, il voulait les voir dans son bureau. Quand ils entrèrent, ils le découvrirent examinant toutes sortes de listings étalés devant lui. Ils lui apprirent la nouvelle concernant Phil, il sourit, mais passa aussitôt à ce qui le préoccupait :

— Vous avez du travail sur la planche. Toutes les primes perçues par la Société d'Armement du Guilvinec ont filé aussi vers le même compte au Luxembourg ! Et les premières informations nous indiquent qu'il existe plusieurs sociétés-écrans.

— Nous allons tomber sur le poil de Jacques Kérity et il faudra bien qu'il s'explique ! rugit François.

— Non. Je préfère que vous rencontriez d'abord le banquier de cette société pour avoir des explications et ensuite seulement nous aviserons.

— Bon, d'accord, maugréa François.

— Tenez, il s'agit du Crédit Local de Pêche, il y a une agence au Guilvinec, vous voyez avec le directeur et vous me tenez informé.

— Sinon, il n'y a rien d'autre de curieux ?

— Si, sur le magasin de marée, des chèques sont aussi partis vers Le Luxembourg. Tout s'est passé à la même période, en une dizaine de jours. Madame Kérity y a déposé les soixante mille euros de Trémeur et de Kerlarun, les quarante mille de Kérity, un million cinq cent mille de la SAG et encore une centaine de mille de la marée ; en tout, ça doit faire tout de même quelque chose comme un million sept cent mille euros !

— Plus de onze millions cent mille francs ! brailla François qui comptait toujours en franc pour mieux se rendre compte de l'importance de la somme.

— Eh oui ! C'est un pactole bien rondelet, là, nous ne sommes plus dans la petite monnaie ! À mon avis, si j'osais, je dirais qu'il y a du gros poisson derrière tout ça !

François et Joël prirent les listings de comptes et vinrent les étudier dans leur bureau afin de faire ressortir toutes les anomalies avant de se rendre à l'agence bancaire du Guilvinec. Puis ils prirent aussitôt la direction du Guil, chère à Joël qui était heureux de pouvoir jouer un rôle actif en l'absence de Phil.

L'agence du Crédit Local de Pêche se situait dans la rue de la Marine, non loin du magasin de Guy Trémeur.

Ils attendirent quelques instants que le directeur termine sa communication pour être reçus dans son bureau.

C'était un homme de trente-cinq ans environ qui les reçut très aimablement. Il affichait un sourire commercial et portait un costume-cravate classique.

— C'est bien votre agence qui gère le compte de la SAG et du magasin de marée de Jacques Kérity ?

— Oui, oui, tout à fait. Pourquoi, il y a un problème ?

— Nous ne le savons pas encore, c'est vous qui allez nous le dire. Mais avant, dites-nous si madame Fatou Kérity a bien les pouvoirs sur ces comptes…

— Oui, bien sûr, mais je vais le vérifier. Mais… rien ne m'autorise à vous communiquer quoi que ce soit…

— Si, tenez, nous travaillons sur commission rogatoire.

— D'accord.

Il baissa la tête puis se tourna vers son ordinateur et pianota sur son clavier. Rapidement, il confirma qu'elle disposait bien de tous les pouvoirs sur les comptes en question :

— D'ailleurs, dorénavant, chez nous les pouvoirs sont scannés, alors je vous les tire simultanément sur mon imprimante. Il saisit le document : vous voyez, c'est ce que je vous disais : pouvoirs illimités. Mais, bien entendu, ces pouvoirs deviennent caducs du jour du décès de la personne… Vous pouvez d'ailleurs remarquer qu'à cet endroit figure la date de déclaration faite par monsieur Kérity. Pour l'instant, il n'a pas donné de nouveaux pouvoirs. Pourquoi ? Que se passe-t-il ?

— Avez-vous rencontré madame Fatou Kérity ces derniers temps ?

— Non. Pas depuis de nombreux mois. En réalité, ce suivi s'effectuait par mon directeur d'agence principale de Quimper qui est en fait mon supérieur hiérarchique direct. Madame Kérity habitant à Quimper, elle préférait traiter là-bas, ce qui ne posait aucun problème même si le compte restait ici. Je sais que madame Kérity a rencontré, à de nombreuses reprises, mon directeur d'agence principale qui m'avait signalé que diverses opérations allaient être effectuées et qu'ensuite, nous devrions avoir à placer d'importantes sommes, ce qui allait bien arranger mes objectifs commerciaux, car je dois vous dire que, dans le monde de la pêche, en ce moment, ça souffre…

— Nous nous en doutons bien. Pouvons-nous avoir les coordonnées de votre directeur ?

— Bien sûr, je vous les note sur ma carte de visite. Il y griffonna rapidement un nom et un numéro de téléphone et la leur remit.

— Merci. Avez-vous eu connaissance de la teneur des entretiens de madame Kérity avec votre direction ?

— Non, pas du tout, nous devions refaire le point en principe au début du mois de novembre, c'est tout ce que je sais. Maintenant, étant donné les faits, j'ignore ce qui va être décidé. Mon directeur devrait pouvoir mieux répondre à vos questions et vous renseigner. Je suis désolé, je ne peux rien faire de plus pour vous dans l'immédiat, je le préviens que vous allez le contacter.

Ils quittèrent l'agence bancaire avec un sentiment d'insatisfaction. Ils regagnèrent leur voiture et appelèrent le directeur de l'agence principale de Quimper. Celui-ci pouvait les recevoir vers quatorze heures quinze seulement, pas avant. Ils firent un petit tour de ville et du port, remarquèrent, au passage, l'imposant 4x4 Nissan Terrano II de Jacques Kérity stationné non loin de son magasin et décidèrent de passer par la gendarmerie, question de prendre la température de la ville suite à cette affaire de meurtre.

Le commandant de la brigade ne leur apprit rien de nouveau qui pût intéresser leur enquête, mais ne cacha pas que sa préoccupation du moment était la grève qui semblait inéluctable. Les marins étaient en colère, coincés entre les conséquences de la hausse du prix du carburant, la diminution des captures et les prix bas. Compte tenu de ces tensions sur le port, leur affaire de meurtre était passée au second plan de leurs préoccupations. Il savait, par ailleurs, que toutes sortes de rumeurs se développaient sur la ville, mais il les considérait sans fondement.

— Pas d'autres bruits, fondés ou non, question de s'ouvrir d'autres pistes ?

— Non. Je l'ignore, je vous dis que, dans le moment, ce qui nous préoccupe c'est la tournure des événements. Comme c'est parti depuis l'histoire du contrôle des douanes en mer, je ne serais pas surpris que, dès mardi soir, ils décident de faire grève et là, on peut s'attendre à tout. La dernière grande grève des marins avait plutôt mal tourné à Rennes alors, si ça part du Guilvinec en plus, nous serons en première ligne, inutile de vous dire que votre affaire dans le moment, nous n'y pensons guère, d'autant plus que vous êtes en charge de l'enquête !

— Je comprends, se résigna François.

Ils rentrèrent déjeuner et décidèrent de se retrouver au bureau vers treize heures trente.

Lors de la reprise, ils eurent la surprise de retrouver Phil qui leur annonça :

— Fausse alerte. Le temps d'arriver à la maternité, les contractions se sont arrêtées. Elle devrait accoucher normalement à son terme, d'ici une quinzaine de jours, alors attendons. Gwen est à la maison et se repose à présent. Sinon, quoi de nouveau ici ?

François lui exposa les informations du matin et leur visite au Guil.

— Je te propose de rester là cet après-midi, tu fouilles un peu plus dans les comptes et tu fais quelques réquisitions. Quant à moi, je me rends avec Joël à l'agence bancaire.

— D'accord, faisons comme ça !

À quatorze heures quinze précises, le directeur de l'agence principale du Crédit Local de Pêche les recevait dans son bureau. Il leur serra la main cordialement, affichant un large sourire. « C'est sans doute plus fort que lui, il ne doit s'arrêter de sourire qu'au bout d'une semaine de vacances », pensa François. Son bureau était plus cossu que celui de son subalterne au Guilvinec. Il était joliment décoré de couleurs chatoyantes. Des maquettes de prestigieux voiliers en demi-coques d'acajou étaient accrochées aux murs. Plusieurs panneaux publicitaires vantaient les produits financiers de la banque.

Le directeur s'installa à son fauteuil en cuir face aux deux OPJ qui venaient de prendre place sur des sièges moelleux. Le directeur posa ses avant-bras sur le sous-main placé devant lui et, de façon très détendue s'adressa aux OPJ :

— Alors que puis-je faire pour vous ? Mon collègue m'a dit que vous vous intéressiez aux comptes de la SAG et du magasin de marée de Jacques Kérity, c'est bien ça ?

— Effectivement.

— Deux belles affaires ! Dont une qui s'arrête juste avant la grande crise qui s'annonce. Dommage que ce drame soit survenu, c'est bien triste pour Jacques Kérity…

Le directeur prit un air peiné de circonstance, abandonnant pour la cause son sourire commercial.

L'homme, la quarantaine sportive, semblait dynamique et prêt à faire face à toute situation. François attaqua :

— Voilà, nous travaillons sur commission rogatoire sur l'assassinat de madame Kérity et la brigade financière a été amenée à examiner les comptes des deux affaires que vous venez d'évoquer.

— Hum, hum… se contenta-t-il de dire en approuvant de la tête pour montrer qu'il suivait.

— Nous ne nous expliquons pas certaines opérations et souhaitons avoir votre avis. D'autant que vous avez rencontré madame Kérity à plusieurs reprises, avant le drame.

— Effectivement, répondit-il, hésitant et surpris par l'affirmation de François, contrôlant mal sa nervosité sous une apparence feinte de calme.

— Comment expliquez-vous le départ des primes reçues sur le compte de la SAG, soit deux fois quatre cent trente-deux mille euros et une fois sept cent trente-deux mille ?

— C'est très simple ! commença-t-il, retrouvant une certaine aisance. En fait, madame Kérity était venue m'informer que, suite à une erreur, ces sommes devaient repartir aux fonds européens, pour des raisons de quotas et qu'elles allaient nous revenir fin octobre, et nettement plus importantes !

— Vous êtes sûr ? Vous avez vérifié auprès des organismes habilités ?

— Non... Non, madame Kérity m'avait dit que... TI bafouilla quelques mots incompréhensibles. Son visage venait de perdre ses couleurs brutalement. Embarrassé, il se mit à tripoter des bibelots sur son bureau, avant de reprendre :

— Les fonds sont repartis à l'organisme européen, ils vont nous revenir, de toute façon !

— Peut-être... sauf que les fonds ne sont pas revenus chez l'émetteur, mais sur un compte numéroté au Luxembourg, si vous voyez ce que je veux dire !

Cette fois, il frôla l'apoplexie. TI venait de réaliser la situation. Aussitôt François proposa d'appeler l'organisme chargé du plan de sortie de flotte des bateaux de pêche et chargé du règlement des indemnités.

Fébrile, il rechercha le numéro de téléphone et appela en mettant le haut-parleur. La réponse fut claire. Il n'avait jamais été question de récupérer les fonds versés pour en reverser d'autres, c'était ridicule et impensable ! Le directeur raccrocha le combiné après s'être fait préciser certains points.

Il posa la main sur son visage et se laissa aller en arrière contre le haut dossier de son fauteuil.

François et Joël l'observaient. Il était vraiment sous le choc de la nouvelle et son comportement était sincère.

Son sourire avait déserté son regard sans rien y laisser à la place.

Après lui avoir accordé quelques secondes pour lui permettre de reprendre ses esprits, François revint à la charge :

— Pouvez-vous nous expliquer de quelle façon les choses vous ont été présentées ?

— Madame Kérity m'avait invité au restaurant le jour…

— Était-elle accompagnée de son époux ou d'une autre personne, membre de la société ?

— Non. Elle était seule et m'avait donné rendez-vous. C'était, comme j'allais vous le dire, le jour même où les indemnités ont été virées sur le compte de la SAG. Elle voulait m'expliquer, disait-elle, que celles-ci étaient trop faibles et qu'elle avait négocié, avec le fonds européen, la vente de ses quotas de pêche à l'Irlande et qu'en conséquence, les virements allaient repartir pour nous revenir dans le mois, plus importants. Et, elle voulait examiner de quelle manière ensuite pouvoir les placer, car, m'avait-elle dit, elle était chargée par les trois associés d'étudier les placements sous forme d'assurance-vie pour chacun d'entre eux…

— Vous nous avez dit qu'elle vous avait invité, c'était à quel endroit ?

— Au *Ker Moor* à Bénodet…

— Très bonne table en effet ! Cet établissement fait hôtel également, il me semble…

L'homme rougit et ne put contrôler sa gêne. François remit la charge :

— Avez-vous eu des relations intimes avec madame Fatou Kérity ? lui demanda-t-il en fixant l'homme qui semblait rétrécir sous ses yeux.

— Non. Enfin… Il marqua un temps d'hésitation avant de se caler sur une réponse négative affirmée. Non ! Vous n'y pensez pas !

— Et pourquoi non ? rétorqua l'OPJ baissant la voix et murmurant comme un conspirateur : Vous ne seriez pas le premier… puis reprenant aussitôt d'une voix éclaircie : nous aurions dans ce cas peut-être un début d'explication sur la mort de madame Kérity…

Le directeur d'agence se figea :

— Vous croyez que monsieur Kérity ait pu faire du mal à sa propre femme ?

— Non. Je dis seulement qu'il y a peut-être un rapport… Sans compter qu'elle a vidé les comptes des sociétés, ce qui pourrait constituer une deuxième bonne raison…

— Non. Je ne peux pas le croire !

Puis le directeur d'agence se tut, regarda autour de lui comme pour y chercher de l'inspiration et secoua la tête ; les mots justes ne lui parvenaient pas. Reprenant des forces, il revint sur le sous-entendu de François concernant d'éventuelles relations intimes qu'il nia vigoureusement en maintenant farouchement sa position et tentant, de façon bien maladroite, de jouer l'homme offusqué par une telle suggestion. Mais François ne chercha pas à le pousser dans ses derniers retranchements et n'insista pas. La réponse ne présentait aucun intérêt. Ils reprirent les comptes des deux affaires. Elles étaient toutes les deux dans le rouge, mais juste dans les limites des autorisations accordées. Les fonds s'étant volatilisés, les deux affaires se préparaient des jours difficiles et le banquier, des moments douloureux…

Ne pouvant obtenir davantage d'informations utiles à leur enquête, ils quittèrent le bureau du directeur, laissant ce dernier effondré sur son fauteuil pivotant dans lequel il avait perdu toute sa prestance.

De retour au commissariat, ils rendirent compte de leur entretien à Phil et au patron. Cette fois, le patron se montra ferme. lis devaient rencontrer Jacques Kérity et l'obliger à parler, trop c'était trop! Il ne pouvait tout ignorer. Il allait falloir qu'il s'explique sur bien des points.

Phil l'appela sur son portable. En l'absence de réponse de l'interlocuteur, il laissa un message l'invitant à se présenter, dans les plus brefs délais, au commissariat de Quimper. En colère, il appela alors au magasin de marée au Guilvinec, mais son interlocutrice lui annonça que monsieur Kérity était parti de façon précipitée du bureau en début d'après-midi, un peu après treize heures, sans déjeuner, suite à un appel téléphonique. Le personnel avait pensé que c'était peut-être la police qui voulait le rencontrer à nouveau. Phil n'insista pas et appela à l'appartement de Quimper. Pas de réponse, il laissa un nouveau message identique au précédent sur le portable. Agacé, il proposa à François de se rendre immédiatement à l'appartement de Jacques Kérity.

Ils s'y rendirent à pied, en raison de la proximité.

Ils remarquèrent aussitôt l'imposant 4x4 Nissan de Jacques Kérity, garé le long de l'Odet. Au moment où ils passaient à sa hauteur, une jeune femme le verbalisait pour défaut de paiement de stationnement. C'était bon signe, il devait se trouver à l'appartement. Ils sonnèrent mais n'obtinrent aucune réponse. Ils tendirent l'oreille auprès de la porte, aucun bruit ne provenait de l'intérieur.

Ils interrogèrent un couple de voisins du même palier qui indiqua que monsieur Kérity était bien venu en coup de vent en début d'après-midi, entre treize heures trente et quatorze heures, ce qui n'était pas dans ses habitudes, mais était reparti aussitôt. Il était seul, personne ne semblait l'accompagner ni l'attendre. Le couple l'affirmait car il l'avait rencontré sur le trottoir au moment de rentrer dans l'immeuble et était monté juste derrière lui. L'homme se souvenait de l'avoir entendu repartir peu de temps après, tandis qu'il accrochait sa veste derrière sa porte d'entrée. Le couple affirma qu'il paraissait nerveux et n'était pas dans son état habituel, il pouvait le certifier, le connaissant bien.

Aussitôt, ils pensèrent que quelqu'un était venu le prendre puisque son 4x4 Nissan se trouvait toujours là en stationnement. Ils n'avaient pas d'autre solution que de revenir au commissariat et, par acquit de conscience, vérifièrent si cela pouvait être Guy Trémeur ou Jean-Paul Kerlarun, mais l'un et l'autre se trouvaient à leur poste de travail. Ils décidèrent de charger un agent de se mettre en planque à proximité de l'entrée de l'appartement et un autre près de la maison de la Grève Blanche.

*

Samedi 27 octobre 2007.

Phil et Joël étant de repos ce week-end, François se retrouvait seul. Il prenait son café en méditant sur cette affaire qui commençait à lui prendre la tête. Le patron étant aussi de repos, il n'avait pas de possibilité de discuter avec qui que ce soit pour partager ses états d'âme. Les planques de l'appartement et de la maison n'avaient rien donné, Jacques Kérity n'avait pas reparu, ce qui n'était pas sans intriguer François.

La gendarmerie du Guilvinec l'appela dans la matinée, vers neuf heures :

— On nous a signalé une voiture dans le port, côté Léchiagat, à proximité de l'élévateur de bateaux. Il y avait un homme à bord, selon les plongeurs, il s'agirait de Jacques Kérity. Il se trouvait dans un 4x4 tout neuf, un Volkswagen Tiguan, immatriculé au nom de son épouse. Ils sont en train de le sortir du port, j'ai appelé le légiste et les techniciens de l'investigation criminelle de la gendarmerie.

— D'accord. J'arrive. Il venait de comprendre pourquoi le 4x4 se trouvait toujours au bord de l'Odet et Jacques Kérity avait disparu.

Avant de partir, il prévint le patron à son domicile, puis hésita et, finalement, décida de ne pas perturber le repos de Phil et de Joël. Lundi serait assez tôt pour aviser.

En arrivant à la pointe de Léchiagat, de nombreuses voitures se trouvaient sur le terre-plein aménagé près de l'élévateur. Les gyrophares, bleus, orange et blancs donnaient une atmosphère dantesque à la scène. La gendarmerie avait établi un cordon de sécurité afin d'éviter aux badauds de gêner le travail des pompiers plongeurs. La voiture ruisselante était posée sur le quai, elle ne paraissait pas accidentée. Le légiste était accroupi sur le corps sans vie de Jacques Kérity, déjà glissé dans une housse mortuaire posée sur une civière. Il reconnut François et se releva pour le saluer :

— Après son épouse l'autre jour, voilà que c'est à son tour…

— Oui. Ta première impression ?

— On dirait un suicide, mais il faut que je vérifie certaines choses et seule l'autopsie me permettra de poser mes conclusions. Ne se serait-il pas remis de la mort tragique de son épouse ?

— Qu'il ne s'en soit pas remis, c'est certain… Mais, au vu de ce que nous découvrons chaque jour dans cette affaire, rien ne paraît très simple. Quant à l'autopsie ?

— Aujourd'hui je suis surbooké, la nuit passée a été agitée et j'ai déjà deux affaires sordides sur les bras ; l'alcool, c'est terrible ce qu'il peut provoquer… Bon, je tente demain et te donne les résultats lundi matin, ça ira ?

— D'accord.

Le corps quitta les lieux, les spécialistes de la TIC terminaient d'inspecter la voiture avant de la mettre sous scellés et de la faire charger. Ils examinèrent le sol ensuite, à la recherche d'indices et pour tenter d'étudier la trajectoire, mais ne découvrirent rien de suspect ni ne remarquèrent aucune trace significative. François vint leur demander leur avis.

— Le moteur était à l'arrêt au moment où elle est entrée dans l'eau, mais nous allons vérifier cela tout à l'heure au garage. Il semblerait que la voiture ait roulé, freins lâchés, ou ait été poussée à proximité de la cale. Soit le chauffeur s'est arrêté devant la cale et s'est assoupi, avec sa ceinture attachée, auquel cas on pourrait penser à un suicide, soit, de l'extérieur, on l'a aidé et dans ce cas on serait dans l'hypothèse d'un meurtre, nous devons absolument vérifier certains points avant de nous prononcer sur le déroulement probable…

— Je comprends bien. Pour quand puis-je espérer vos conclusions ?

— À présent, je dirais, pas avant lundi matin…

Le téléphone avait dû bien fonctionner. En effet, les journalistes débarquaient en nombre, ceux de Quimper avaient rejoint ceux du Guilvinec. Ils avaient vraisemblablement tous pressenti que cette affaire rebondissait. François leur affirma qu'il les tiendrait informés lundi, quand il en saurait davantage grâce aux résultats des autopsies et des analyses effectuées par les spécialistes. Pour répondre aux questions lancées à la volée par certains d'entre eux, il se contenta de répondre qu'aucune piste n'était écartée dans l'immédiat…

François discuta encore longuement avec les collègues de la gendarmerie, mais sans obtenir d'informations pouvant intéresser cette affaire. Ils allaient mener une enquête de voisinage sur Léchiagat dans la zone de cette découverte.

François accompagna l'un d'entre eux à partir du pont enjambant l'espace plaisance tandis que deux autres prenaient la direction opposée, du côté de l'extrémité de la pointe de Léchiagat, afin de se rejoindre.

Ils tenteraient également d'enquêter de l'autre côté du bassin, juste en face, à tout hasard…

Ils se retrouvèrent aux environs de midi. François et son collègue gendarme n'avaient, eux, rien découvert. Par contre, les deux collègues avaient recueilli deux témoignages précisant que, vers une heure et demie du matin, deux voitures noires, de grosse cylindrée, se trouvaient côte à côte sur le terre-plein, face à la cale. Là où le 4x4 s'était ensuite enfoncé dans la mer, sans bruit. Quant à l'autre voiture, c'était une berline qui pouvait être une Mercedes, mais personne ne put le certifier, il pouvait aussi bien s'agir d'une cylindrée de type BMW ou Audi, comme l'affirmait même l'un des deux témoins. Personne n'avait songé un seul instant à relever le numéro d'immatriculation. Leur vision avait été furtive, chaque témoin était seul à bord de sa voiture et pressé de rentrer, elle n'avait duré, tout au plus qu'une seconde ou deux, le temps de passer et d'apercevoir la scène.

Cette nouvelle affaire s'ajoutait à la précédente et offrait un sujet de conversation inédit à ceux qui n'avaient rien d'autre à se dire dans les cafés du Guilvinec-Léchiagat. Et comme ils étaient nombreux, on en parlait partout… La rumeur, ce dragon aux cent bouches et mille oreilles, qui ne sait rien mais qui dit tout, allait se développer. Nul doute que la presse y rajouterait son couplet pour alimenter encore un peu plus le bouillon de culture qui se propagerait.

François dut se contenter des éléments recueillis. Il méditait tout en rentrant à Quimper. Il avait l'habitude de tirer des hypothèses des éléments dont il disposait, avant de les éliminer ou de les affiner, à mesure que les informations se précisaient. En l'occurrence, il privilégiait l'hypothèse du meurtre et en arrivait donc aux spéculations suivantes : vengeance, jalousie professionnelle ou personnelle, représailles… Chaque mobile constituait un véritable cliché qu'il garda cependant dans un coin de sa tête. Il se fiait toujours à ses premières impressions lorsqu'il arrivait sur une scène de crime, même si, jusqu'à présent, son intuition s'était avérée peu concluante dans cette affaire.

De retour à son bureau en début d'après-midi, il se retrouvait pour la première fois seul avec ses doutes et se posait pour la énième fois les mêmes questions. Il tenta d'analyser tous les événements liés à cette affaire depuis le départ. Il essaya de lui donner un sens. Il envisagea différentes possibilités. Pour quelle raison Fatou avait-elle été tuée ? Pourquoi cet acharnement sauvage sur ce visage ? Pourquoi cette femme avait-elle donné, le même jour, rendez-vous à Guy Trémeur et Jean-Paul Kerlarun tandis qu'elle jetait une « grenade dégoupillée » entre les mains de son époux par l'envoi de son SMS fatal ! Si elle voulait créer la discorde entre les trois amis, elle ne s'y serait pas prise autrement… Donc, ceci était intentionnel et mûrement réfléchi, ce qui voudrait sans doute dire qu'elle avait envisagé de s'éclipser avec tout l'argent et de laisser tout le monde se taper dessus une fois qu'elle serait partie. On pouvait donc penser que cette opération, elle ne l'avait pas organisée seule ni pour son unique compte personnel.

Qui, dans son entourage, pouvait la connaître et en profiter au point de la supprimer afin de conserver l'argent mis de côté ? Jacques Kérity était-il un complice au départ de cette opération, devait-il partir avec elle… au Sénégal ou ailleurs ? Le point qu'il avait le plus de mal à expliquer était le lieu du crime, il n'arrivait pas à comprendre dans toute cette histoire pourquoi son issue se situait au Guilvinec-Léchiagat. Il avait le sentiment de tourner en rond tant qu'il n'aurait pas trouvé de réponse à cette question.

Quant à la complicité de Jacques Kérity, il considéra que cette hypothèse pouvait s'avérer vraisemblable… François se dit alors que Fatou s'était servie de lui et qu'elle n'avait jamais envisagé de partir avec lui, ce qui voudrait dire qu'au dernier moment, son intention était de lui tourner le dos et de le laisser seul face à ses deux amis. D'où le SMS ? Dans ce cas, ceci expliquerait l'existence de complices, meurtriers de Fatou qui, afin de ne plus laisser de trace, auraient aussi décidé de supprimer Jacques Kérity. Les éléments se tenaient et commençaient à s'ajuster dans un cadre plus global.

Mais, pour le moment, il ne s'agissait que de pures spéculations.

Il ne perdait pas de vue, par expérience, que la plupart des meurtres prémédités, et ici c'était bien le cas, exigeaient au départ que le meurtrier soit animé par l'humiliation, la névrose, le chagrin ou toute autre raison affective. Dans ce cas bien précis, on se retrouvait davantage dans un contexte de cruauté, voire de sadisme, pourquoi ? Sachant que les statistiques indiquent que quatre-vingt-dix-neuf pour cent des crimes ont un mobile, il convenait de le découvrir…

Dans sa carrière, François avait brassé pas mal d'affaires, avec des centaines de mobiles absurdes ou sordides, mais il y avait toujours eu un point commun entre tous les coupables : celui d'être des criminels tordus, des maniaques et ici, il n'arrivait pas à retrouver ce point commun. Il pressentait dans cette affaire quelque chose d'inhabituel qu'il ne pouvait qualifier.

Il n'osait pas encore formuler les choses précisément. Mieux valait s'accorder une bonne nuit de sommeil pour « laisser mariner tout ça dans son jus de cervelle », se dit-il. Dans cette affaire, il ne s'agissait pas d'une série d'événements fortuits. Un lien les unissait dont la nature demeurait encore mystérieuse.

Cette Mercedes noire le hantait car c'était vraisemblablement la même que celle aperçue avant le premier meurtre. Il décida de lancer une recherche sur le fichier des excès de vitesse durant le jour du premier meurtre et de faire la même chose pour la veille, sur l'axe Paris-Bretagne dans les deux sens. Sait-on jamais ? se dit-il. Le hasard, la chance, après tout pourquoi pas…

Il passa le reste du week-end à établir des procès-verbaux, des réquisitions pour les perquisitions de la semaine suivante, à poser des scellés sur l'appartement et la maison du Guil et à faire enlever le 4x4 Nissan Terrano II, toujours en stationnement le long de l'Odet et qui accumulait les contraventions. Il les récupéra au passage pour les faire suivre au service concerné afin que ce dernier n'engage pas de poursuites pour non-paiement, le propriétaire étant décédé.

Il se rappela aussi que l'employée du magasin de marée lui avait clairement dit que c'était suite à un appel téléphonique reçu par Jacques Kérity que ce dernier était parti précipitamment. Il demanda au LATS la liste des appels reçus sur le portable et sur le téléphone du magasin afin de tenter de localiser l'émetteur.

C'était un instant dans le quotidien du travail d'un OPJ. « Un de ces instants qui sont toujours éliminés dans les films », pensa-t-il. « C'est pourtant, précisément, dans ces intermèdes que se prépare la suite du travail. » Il reçut, au même moment, une réponse négative, concernant les excès de vitesse. Aucune Mercedes noire n'avait été flashée sur l'itinéraire, dans la période concernée…

Agité, il se sentait impatient de se retrouver lundi avec ses deux collègues et le patron. Trop de fils épars existaient dans cette enquête. Il s'était bien bâti son propre plan, mais il s'interrogeait toujours et encore. Avait-il négligé un point décisif? Avait-il tout compris? Que lui échappait-il qui, peut-être, s'avérait évident? Cette enquête n'avait pas fini de lui torturer l'esprit…

Il ne perdait pas de vue que, dans une affaire, c'était sur des indices qu'on s'orientait mais qu'ensuite, la justice, elle, condamnait selon les preuves seulement.

Il termina son week-end sur une note mélancolique. Il trouvait que sa Bretagne changeait au quotidien, que la vie sociale de son pays se modifiait de façon insidieuse.

Même dans une ville de préfecture réputée calme comme Quimper, il constatait des évolutions. Les crimes étaient devenus plus nombreux, plus brutaux et plus complexes aussi. Des gens qui, jusque-là, étaient des citoyens irréprochables, devenaient aussi des criminels.

Pourquoi tout cela? Il n'en savait rien. Y avait-il une explication? Le sous-effectif chronique?

Il avait appris son métier à une époque où tout était différent. Les crimes étaient plus faciles à élucider, la morale plus établie, l'autorité de la police indiscutable…

Aujourd'hui, avec la mondialisation, il leur aurait fallu avoir bien d'autres connaissances. Cette rencontre sur Internet de Fatou Diop avec Jacques Kérity en était la démonstration. Il y a quelques années, elle était totalement improbable. Et ceux qui se dissimulaient derrière le Web, qui étaient-ils ? « La criminalité progresse en toute impunité, sans la moindre résistance, et, pendant ce temps-là, certains manipulent les statistiques. »

Quels que fussent les prétextes qu'il se donnât intérieurement, même si ce n'étaient jamais que des réflexions fugaces, il n'en pensait pas moins.

Décidément, en ce dimanche soir, François avait bien le moral en berne ! Dans sa démarche un peu lasse et ses postures accablées de cette fin de week-end, il y avait quelque chose de désabusé. Ni aigreur, ni regret, mais le sentiment qu'il vivait en permanence des expériences traumatisantes dont il digérait de plus en plus malles douleurs, même si, avec le temps, il s'était caparaçonné dans une froideur quasi pathologique.

Il semblait avoir connu assez de trahisons pour ne plus se bercer d'aucune illusion sur la nature humaine.

Comme tout homme d'action, il avait constamment besoin d'être remotivé et d'avoir confiance en l'autorité de son chef pour continuer à faire son métier correctement.

Il sentit qu'il lui était inutile d'insister davantage ce soir-là. Il ramassa ses affaires et décida de rentrer chez lui, d'ailleurs la nuit s'était installée depuis longtemps déjà…

6

Lundi 29 octobre 2007.

En venant au travail, Phil espérait que son collègue, François, ait obtenu au cours du week-end des résultats présentant l'enquête sous un jour nouveau, mais il n'imaginait pas, une seule seconde, ce qu'il allait apprendre. Un sentiment d'urgence ne l'avait pas quitté durant ces deux derniers jours, de même que la conscience d'une ombre effrayante à l'arrière-plan de l'assassinat de Fatou et l'impression déprimante de n'en être encore qu'à gratter la surface d'une histoire qui lui échappait totalement. Il arriva le premier au bureau. Il alla se chercher un café et revint, l'esprit absorbé. Sa réflexion fut interrompue par l'arrivée de ses deux collègues.

François ne cacha pas sa joie de retrouver Phil et Joël pour redémarrer la semaine. Ni l'un ni l'autre n'avaient passé le week-end sur place, ils ignoraient par conséquent ce qui s'était produit. François leur raconta tout dans le détail. Mais il ne cacha pas ses interrogations :

— Depuis le départ, j'ai le sentiment qu'une évidence nous échappe. Je ne sais pas pourquoi, mais nous devons faire au plus vite…

Les journaux locaux s'étaient emparés de l'affaire en parlant d'assassinat. Des témoignages spontanés affluèrent au poste de police. La plupart n'avaient aucun rapport avec le drame, mais dans ce fatras d'informations, quelques-unes pouvaient s'avérer intéressantes, aussi, dans le doute, un agent fut délégué pour enregistrer les renseignements qui resteraient à vérifier.

Le patron les appela aussitôt pour faire le point. Il venait de recevoir un dossier de la police en provenance du Sénégal. Les parents de Fatou vivaient misérablement dans une cabane de pêcheur, non loin du port de pêche de Saint-Louis. Le père avait plusieurs femmes et de nombreux enfants et ne travaillait que lorsqu'il en avait envie, comme matelot sur une des nombreuses pirogues de pêche, préférant, le reste du temps, exploiter ses enfants. Le tableau n'était guère reluisant et chacun se demandait encore comment Fatou avait réussi à s'extraire de ce monde pour venir en France et briller comme elle l'avait fait. L'état civil correspondait parfaitement, il leur fut impossible d'en apprendre davantage.

Les coordonnées de la police figuraient sur les documents, le patron appela aussitôt pour en savoir un peu plus.

Il n'éprouva pas de difficultés particulières pour joindre le signataire de l'envoi. Celui-ci leur apprit que les parents ignoraient tout du décès de leur fille.

Ils affirmaient n'avoir eu aucune nouvelle d'elle depuis qu'elle était partie en France et ignoraient même qu'elle était mariée. Ils n'avaient jamais mis les pieds à Dakar, trop loin et trop cher pour eux.

Quant à rapatrier le corps, ce n'était pas le problème du père, même si la mère souffrait sincèrement de cette perte brutale. La seule question de la famille fut : « Y a-t-il de l'argent à récupérer suite à ce décès ? » Tout ceci mettait bien en lumière le sentiment de François : la famille ignorait tout de Fatou. Il y avait donc bien une ou plusieurs personnes, voire une organisation, derrière tout ça, mais qui et selon quel mode opératoire ?

Il devait absolument retrouver une des traces du passage de Fatou à Paris et découvrir qui la connaissait dans la capitale.

Au même moment, le procureur venait de donner le feu vert pour effectuer les perquisitions aux domiciles de Jacques Kérity : peut-être y dénicheraient-ils des informations ? Joël fut désigné pour accompagner un autre OPJ pour cette tâche.

L'appel téléphonique reçu par Jacques Kérity provenait d'une cabine téléphonique publique située à l'ouest de Paris. Impossible donc de trouver la moindre trace de l'émetteur.

Par contre, Jacques Kérity avait reçu un autre appel sur son portable à seize heures d'une cabine publique également, mais de l'aéroport de Nantes Atlantique ! Qui ? À quoi correspondaient-ils ? Pourquoi intéressaient-ils autant Jacques Kérity au point de le faire quitter son travail, toute affaire cessante ?

Le reste de la réunion, par son ton général, n'échappa pas à la routine. Personne dans le groupe ne sut dépasser le stade de la rhétorique de circonstance et les paroles furent noyées dans le flot de clichés déversés par les intervenants.

N'ayant pas obtenu les résultats d'autopsie, Phil et François se rendirent à l'institut médico-légal pour rencontrer le légiste. Il les salua tout en reconnaissant qu'il avait pris un sérieux retard dans son travail, plusieurs affaires s'étaient bousculées ces derniers jours.

Cependant, pour eux, l'important ne concernait que Jacques Kérity.

— Forte dose de somnifères, à tuer un cheval ! Le même produit que pour Fatou Diop-Kérity.

— Mais comment a-t-il pu, après avoir absorbé une telle dose, conduire et se jeter dans le port ?

— Ce n'est pas mon hypothèse. Pour moi, les choses sont évidentes. Il est arrivé au volant de sa voiture sur le terre-plein de Léchiagat de son plein gré ou sous la menace, ce qui ne change rien. Les spécialistes sont d'accord avec moi sur ce point. Là, l'autre voiture signalée l'attendait déjà, cette fameuse berline de forte cylindrée…

— Nous pouvons penser qu'il y avait au moins une personne dans cette voiture, le chauffeur…

— C'est évident, donc, Jacques Kérity s'est garé à côté de l'autre véhicule et face à la cale. Ce qui laisse supposer qu'il devait être accompagné pour être dirigé en conséquence. Dans le même temps, nous pouvons l'imaginer, un ou l'occupant de l'autre véhicule est monté à l'arrière de son 4x4, tandis que le passager avant l'occupait ou le menaçait. Le passager arrière l'a alors ceinturé au moyen d'une sangle, très vivement au vu des marques sur ses bras. C'est alors sans doute que le passager avant, une fois que Kérity était immobilisé, l'a piqué dans le bras, assez maladroitement d'ailleurs au vu de l'hématome laissé à l'endroit de la piqûre.

— Ce qui veut bien dire qu'ils sont au moins deux !

— Oui, je le pense… Il s'est rapidement effondré. Il ne restait plus qu'à enlever la sangle pour la laisser à l'arrière, à pousser le véhicule vers la cale et, ensuite, disparaître sans faire de bruit. Il n'était pas mort pour autant, car j'ai retrouvé de l'eau dans ses poumons.

— Là, nous nous trouvons devant un crime organisé, ce n'est pas du menu fretin, commenta tout haut Phil. Ça ressemble à la manière d'agir de narco-trafiquants ou de la mafia…

Chacun approuva de la tête. Ils restèrent silencieux quelques secondes, plongés dans leurs réflexions et sous le choc de cette révélation.

— Je me demande ce qu'a bien pu faire Jacques Kérity entre treize heures environ, heure de son départ du magasin de marée, ou plutôt entre quatorze heures environ, heure de passage à son appartement et une heure et demie du matin, heure à laquelle des riverains de Léchiagat ont aperçu deux véhicules noirs de forte cylindrée sur le terre-plein face à la cale…

— Il s'est payé une bonne bouffe, si vous voulez savoir ! répondit le légiste.

— Comment ça ?

— J'ai analysé, comme il se doit, ce qu'il y avait dans l'estomac de la victime et on y retrouve les ingrédients d'un bon repas bien arrosé, notre homme tient la marée sur ce plan. Excusez-moi ! Je retire, c'est un mauvais jeu de mots, en l'occurrence !

Malgré les circonstances, ils ne purent s'empêcher de sourire, tout en restant dubitatif sur ces dernières informations.

— À mon avis, vous devriez écumer les restaurants gastronomiques de la région pour savoir où il a dîné. Son dernier repas a été pris entre vingt heures et vingt-deux heures environ. Avant, c'est-à-dire au cours de l'après-midi, il a pris plusieurs cafés de bars, de type expresso, au vu du dosage et de la caféine.

— Il faudrait donc pouvoir découvrir où il se trouvait et ce qu'il a fait quand il a quitté le restaurant vers vingt-deux heures, jusqu'à une heure du matin, il a le temps de faire de la route avec ce genre d'engin en plus ! rétorqua Phil.

— Exact, répondit François. Ce qui veut dire qu'il pouvait se trouver dans un rayon de l'ordre de trois heures de route en voiture. L'appel téléphonique émis de l'aéroport de Nantes Atlantique peut laisser penser qu'il s'y serait rendu. Avait-il rendez-vous avec quelqu'un de particulier ? Aurait-il fréquenté les bars avec cette ou ces personnes ? Complices ou meurtriers ? Avec qui se trouvait-il au restaurant ? Il faudra rechercher sur ses moyens de paiement si on retrouve une trace... Mais pourquoi, en final, comme pour Fatou, revenir au Guilvinec-Léchiagat ensuite ? Il y a bien une raison et une certaine logique qui nous échappent encore pour l'instant, c'est sûr !

De leur voiture, ils appelèrent les techniciens de l'investigation criminelle de la gendarmerie. Ces derniers confirmèrent les propos du légiste avec lequel ils s'étaient d'ailleurs entretenus au sujet de la sangle :

— L'agresseur a utilisé le système de tendeur mécanique dont est équipée la sangle, un peu du même type que pour les sangles des bâches de camion qu'utilisent les transporteurs pour arrimer la marchandise, ce qui a permis de pouvoir serrer aussi fort. Ce système a permis d'immobiliser complètement le chauffeur sur son siège, au point qu'il devait même éprouver une certaine difficulté pour respirer, compte tenu de la surcharge pondérale de la victime.

Ils confirmèrent que le moteur ne tournait pas au moment de pénétrer dans l'eau. Ils ne disposaient pas, cependant, d'autres indices pouvant être utiles à l'enquête.

— Bon, nous allons voir ça, se contenta de répondre François.

— Jacques Kérity était-il diabétique ? demanda le chef de l'équipe.

— Non. Pas à notre connaissance, pourquoi ?

— Nous avons retrouvé une seringue à insuline à l'arrière de la voiture.

— C'est cette seringue qui aurait servi à injecter le somnifère ?

— Non, non, pas du tout. Elles sont trop faiblement prédosées à un millilitre. Même en y mettant du somnifère, il n'y aurait pas eu de quoi endormir notre homme. Non, c'est plutôt quelqu'un qui en a eu besoin pour son usage personnel, à un moment précis, s'en est servi et ensuite a oublié de la ramasser. Posée à l'arrière, elle a dû rouler et se fixer sous le siège avant, c'est là que nous l'avons découverte…

— Elle nous intéresse car, dans son entourage, nous connaissons quelqu'un qui est diabétique…

— La sangle et la seringue sont sous scellés, on vous les fait déposer ?

— Oui, ça nous arrangerait.

Une fois la ligne coupée, ils restèrent quelques secondes à réfléchir, puis François demanda à Phil :

— Tu penses ce que je pense ?

— Hum, hum… Je suis sûr que Kerlarun et Trémeur ont des choses à nous dire ! Il est urgent que nous voyions cela avec le patron.

Ils le retrouvèrent dans son bureau, passablement énervé. Il venait d'avoir le procureur et ce dernier s'impatientait, il attendait des avancées dans cette affaire mais aussi dans deux autres de moindre importance qui traînaient un peu trop, à son goût.

— S'il croit qu'on se les tourne, il n'a qu'à venir passer un peu de temps à notre place et il verra bien ! maugréa-t-il en invitant Phil et François à s'asseoir d'un geste de la main.

Phil lui présenta les dernières informations qui, à leurs yeux, orientaient l'enquête plus précisément. Il en convint ; néanmoins, il leur donna le point de vue du procureur :

— Il me demande, avant tout, où nous en sommes dans l'étude du personnel licencié par la SAG.

— Désolé, mais nous n'avons pas encore effectué de recherches dans ce sens. Nous avons mis les listes du personnel de côté, cette hypothèse n'est pas crédible, et Joël la trouve même complètement idiote !

— Idiote ou pas, un, ce n'est pas Joël qui décide ; deux, je vous demande d'y procéder. Tant que nous n'aurons pas éliminé cette piste, il nous fera ch… avec ça. Alors, nous n'avons pas le choix. Cet après-midi, d'accord pour que vous vous occupiez de Trémeur et de Kerlarun mais, demain, je veux, qu'avec Joël, vous vous attaquiez sérieusement au personnel de la SAG. Vous devez tous les prendre un par un et, ensuite, me faire un point exhaustif de cette situation!

— D'accord, pas de problème!

— Ah, il m'a demandé aussi, si nous avions rentré toutes les informations de cette affaire dans le SALVAC[4].

— Non. Pas encore, c'est beaucoup de boulot...

— Je me fous du travail que cela vous donne! Faites-le, c'est tout! poursuivit-il sur le même ton véhément.

Phil et François laissèrent passer un long silence et reprirent la parole:

— Cette affaire part dans tous les sens, nous essayons de faire le maximum, mais nous ne pouvons pas être partout à la fois! Nous le ferons après avoir étudié la liste du personnel de la SAG... puisque c'est aussi prioritaire!

— Bon, bon, faites comme ça...

Le patron venait de se calmer, il comprenait bien les exigences de chacun. Il savait que dans une affaire tout est important, le problème étant de gérer les priorités, ce qui n'est jamais le plus simple car celles-ci paraissent parfois différentes, selon le niveau hiérarchique des personnes concernées...

Joël étant certainement dans ses perquisitions à Quimper ou au Guilvinec, ils ne le verraient que le

4. Système d'Analyse des Liens de la Violence Associée aux Crimes, base de données créée en 2002, adaptée du système canadien et adoptée par neuf pays européens. En France, le SALVAC est piloté à partir de Nanterre par l'OCRVP: Office Central de Répression des Violences aux Personnes.

lendemain. Les spécialistes venaient de déposer les scellés. Munis de ces deux pièces, Phil et François pouvaient aller rencontrer Kerlarun et Trémeur. En colère après le procureur, François décida de filer aussitôt au Guil et d'aller déjeuner au *Poisson d'Avril*.

— Question de se faire plaisir ! dit-il, en rajoutant : plus on en fait et plus on doit en faire, eh bien, puisque c'est comme ça, on ne va pas se priver, ça leur apprendra !

— Il faudrait peut-être qu'ils arrêtent de nous prendre pour des ânes, ce n'est certainement pas de cette manière qu'ils vont gagner au change ! Je suis d'accord, François, on y va, je passe un coup de fil à Gwen et c'est parti !

— Comment va-t-elle ?

— Pour l'instant, tout se passe bien depuis la fausse alerte de l'autre jour, mais ça approche de toute façon !

Sur la route, ils appelèrent Jean-Paul Kerlarun et Guy Trémeur. Ils rencontreraient donc le premier, vers quatorze heures à son bureau et le second, dans l'après-midi, à son magasin.

Ils retrouvèrent, pour leur plus grand plaisir, oubliant les vives réactions du patron, cette jolie salle de restaurant dont la vue donnait sur le large et l'entrée du port.

Plusieurs tables étaient occupées, essentiellement par des hommes, et les discussions semblaient assez animées. Happant des bribes de conversations par-ci par-là, ils comprirent rapidement qu'on parlait de contrôles douaniers, de hausse du prix des carburants, de baisse des captures et des prix trop bas du poisson, tout ce qui préoccupait, au plus haut point, le monde des pêcheurs. La grève semblait la seule issue, dans l'immédiat, et pourrait bien être décrétée dès le lendemain, en fonction de la réunion du conseil supérieur d'orientation des politiques halieutiques. La violence était déjà sous-jacente et les hommes évoquaient les précédents conflits durs qu'ils avaient connus…

François regarda Phil et, sur un ton proche de la confidence, ils se dirent qu'il ne serait pas facile d'aller chatouiller les anciens salariés de la SAG dans ce contexte particulier. Pour cette raison, ils décidèrent de repasser en fin de journée par le siège des Affaires Maritimes afin d'examiner les inscriptions et d'apprendre où certains marins étaient peut-être déjà embarqués. En effet, étant donné la pénurie de main-d'œuvre dans ce domaine, le plus grand nombre d'entre eux devaient certainement se trouver en mer et pouvaient déjà être éliminés de la liste. Ceci devrait permettre de réduire sensiblement le nombre de visites à effectuer.

Même si leur affaire ne leur permettait pas d'être complètement détendus, ils apprécièrent le plat de poisson superbement présenté et cuisiné qui précéda un tout aussi excellent dessert de pommes au caramel au beurre salé. Le café fut servi aussitôt, car ils devaient repartir rapidement pour se rendre, cette fois, aux bureaux de l'entreprise de transports de Jean-Paul Kerlarun. Ce dernier avait bien tenté de déplacer le rendez-vous à son domicile, comme précédemment, mais François s'était montré intransigeant. En quittant la salle, les tables occupées restaient toujours aussi animées par les conversations sur les problèmes de la pêche. On s'interpellait d'une table à l'autre parfois, pour évoquer telle ou telle question. La tension était palpable.

L'enseigne de la grande société de transports frigorifiques de Jean-Paul Kerlarun se remarquait parfaitement de la route. Ils entrèrent dans l'enceinte de l'entreprise pour se garer devant des baies vitrées portant un petit panneau avec la mention « bureaux ». Visiblement, il devait les attendre et surveiller leur arrivée, car il vint les accueillir. Le visage fermé, le regard las, toute son angoisse se lisait sur son visage plus rougeaud que jamais. Malgré son gabarit trapu, l'homme se déplaçait rapidement et souplement. Il les conduisit au bureau qu'il partageait avec son épouse qui se leva et quitta les lieux après les avoir salués.

Toujours aussi nerveux et pressé de parler, à peine était-il assis qu'il engagea l'entretien :

— Alors, vous avez du nouveau ? demanda-t-il tout de go, impatient d'être fixé sur le but de leur visite.

— Il se pourrait ! répondit aussitôt François de façon laconique. Où vous trouviez-vous de vendredi après-midi, disons quatorze heures, jusqu'à samedi matin ?

Il les regarda, surpris par la question, se sentant subitement dans l'œil du cyclone. Il hésita, puis précisa :

— Vendredi après-midi ? Heu… je me suis rendu à Quimper, j'avais quelques fournisseurs à voir et je suis rentré le soir à mon domicile, mon épouse pourra vous le confirmer, et je suis resté à la maison jusqu'au samedi matin.

— Pouvez-vous nous indiquer les fournisseurs que vous avez rencontrés ?

Il sortit son agenda de poche et rechercha le jour concerné avant d'égrener quelques noms d'entreprises bien connues sur Quimper. Phil prit note des renseignements et François demanda aussitôt à Jean-Paul Kerlarun d'appeler son épouse et de sortir, le temps d'interroger celle-ci. Elle leur communiqua précisément les mêmes renseignements. Vrais ou faux, c'était toute la question. Ils vérifieraient auprès des fournisseurs. François sortit les scellés contenant la sangle et lui demanda si elle la reconnaissait.

— C'est une sangle du même type que celles que nous utilisons pour fixer la marchandise dans nos camions afin d'éviter qu'elle chavire dans les virages notamment, pourquoi ?

— Vous appartient-elle ?

— Je ne saurais vous le dire, c'est possible…

— Pouvez-vous demander à votre époux de nous rejoindre ?

L'homme regarda fixement la sangle. L'attitude compte parfois autant que l'apparence. Il se tenait debout, les yeux écarquillés, comme s'il venait de recevoir un coup au plexus solaire. Il ouvrit la bouche et ânonna d'un ton embarrassé :

— Je possède les mêmes. Puis, il tenta aussitôt de se justifier. C'est un modèle courant et le fournisseur est de la région, alors… Mais pourquoi ces questions ?

— Elle a été utilisée pour attacher votre ami, Jacques Kérity, au siège de sa voiture, avant de le précipiter dans le port…

— Merde alors… lâcha-t-il, choqué.

Le petit homme s'écroula sur son fauteuil, effondré, il passa sa main à plusieurs reprises sur son visage.

Son épouse paraissait également sous le choc, elle alla s'asseoir à sa place, fixant son époux d'un regard inquisiteur. Ceci n'échappa pas à François qui poursuivit :

— Si vous avez des révélations à nous faire… c'est maintenant. Après notre départ, cela relèvera du faux témoignage, dissimulation de faits graves, entrave à la justice et j'en passe…

— Nous avons dit la vérité ! rétorqua l'épouse qui ne voulait pas faiblir devant les OPJ.

— Pouvons-nous voir vos sangles, question de vérifier.

— Puisque je vous dis que j'ai les mêmes, je les connais, c'est moi qui les achète !

— Aviez-vous remarqué qu'il vous en manquait une ?

— Mais non, évidemment ! Les sangles ça va, ça vient, on ne tient pas un compte à jour. Vous imaginez ? La peur ne l'empêcha pas de raisonner car il précisa aussitôt : non, c'est ridicule, elle peut appartenir à notre société de transports comme à toute personne qui s'approvisionne chez le même fournisseur, que voulez-vous que je vous dise !

— La vérité, simplement, la vérité, monsieur Kerlarun. Imaginez que les spécialistes découvrent votre ADN sur la sangle, que diriez-vous ?

— Que je l'ai utilisée, mais pour mon usage professionnel, et que quelqu'un me l'a dérobée pour orienter les soupçons vers moi, voilà ce que je vous répondrai !

— Qui, dans votre entourage, aurait intérêt à effectuer une telle manœuvre ?

— Mais personne, voyons ! C'est ridicule, répondit l'épouse à la place de son mari.

L'homme était toujours effondré et transpirait abondamment, Phil craignit un instant qu'il se trouvât mal.

Mais son épouse sortit une bouteille d'eau et l'invita à prendre un médicament :

— C'est à cause de son cœur, précisa-t-elle. Mon époux a fait un infarctus il y a quelques années, alors, en ce moment, avec cette affaire qui n'en finit pas, ce n'est pas bon pour sa santé. Mais je vous assure, vous faites fausse route en venant ici. L'histoire de cette sangle ne tient pas debout. Non mais, vous voyez mon mari assassiner son meilleur ami d'enfance ?

— Lui, peut-être pas, mais un complice, un ami, une personne commanditée…

— Mais pour quelle raison ? Il n'y en a aucune !

— C'est ce que nous recherchons, Madame…

François se tourna vers Jean-Paul Kerlarun qui semblait reprendre ses esprits.

— Avez-vous eu un contact ou rencontré Guy Trémeur entre vendredi après-midi et la nuit suivante ?

— Non. Pas du tout.

— Mais enfin, Messieurs ! s'énerva l'épouse. Je vous répète que nous n'avons rien à voir avec tout ce qui se passe dans cette affaire. Cherchez ailleurs, mais certainement pas chez mon mari ni chez notre ami, Guy. Je vous le dis, ces trois hommes se connaissaient depuis leur prime enfance et s'appréciaient totalement, alors cessez de perdre votre temps de ce côté…

Son propos ne pouvait être accepté dans la mesure où, dans l'immédiat, la réalité des soupçons pouvait porter sur les deux amis…

— Nous ne perdons pas notre temps, Madame, répondit calmement François. Nous recherchons la vérité et, quoi que vous puissiez en dire ou penser, cette sangle ne se trouvait pas là par hasard. Il y a une raison et bientôt viendra le moment de découvrir la vérité et d'obtenir des explications sur chaque élément de cette affaire.

La discussion se poursuivit encore une bonne heure, sans apporter d'informations intéressantes. Ils conclurent l'entretien, laissant les Kerlarun abasourdis par leur visite et face à leurs interrogations.

Ils reprirent leur voiture et restèrent parler quelques minutes sur place avant de démarrer et prendre la direction du centre-ville du Guilvinec. Phil paraissait dubitatif quant aux réactions du couple, mais ni l'un ni l'autre ne les voyaient en assassins. Pourtant, quelque chose les troublait.

— Comment vois-tu cette affaire, Phil ?

— Je ne sais vraiment pas, François. Est-ce que tu penses à des trucs particuliers, des éléments que je ne vois pas ? Je crois que t'es toujours mon prof, non ?

— Pour être honnête, je dois t'avouer que je patauge aussi… lança celui-ci avec son sourire habituel.

En quittant l'enceinte du parc, François s'aperçut que Jean-Paul Kerlarun montait dans sa voiture pour quitter sa société.

Ils roulèrent doucement et constatèrent que l'homme les suivait.

Quand l'entreprise ne fut plus en vue, le portable de François sonna, il décrocha :

— C'est Jean-Paul Kerlarun, je suis derrière vous. J'ai dit à mon épouse que je rentrais me reposer.

Tout à l'heure, je ne pouvais pas vous le dire, mais la sangle, c'est bien la mienne.

— Comment ça ? Comment pouvez-vous l'affirmer ?

— C'est arrivé au cours d'un des voyages en camion avec Fatou. Elle m'avait demandé si je pouvais lui en donner une, car elle en avait besoin pour transporter quelque chose, je crois... Il lui fallait du solide m'avait-elle précisé. Alors, quand vous me l'avez montrée, j'y ai tout de suite repensé ! Mais, je ne pouvais rien vous dire devant ma femme, vous comprenez ?

— Et pourquoi nous le dire à présent ?

— Parce que, lorsque vous avez évoqué votre histoire d'ADN sur cette sangle, cela m'a inquiété. Je me suis aussitôt dit que vous risquiez de remonter jusqu'à moi, voilà... Mais pour le reste, je vous jure que je n'y suis pour rien.

— Bon, bon... nous verrons. En tous les cas, merci de nous avoir appelés.

— Mais tout ceci reste bien entre nous ?

— Pour l'instant oui... mais, selon les événements, à l'avenir, je ne sais pas.

François raccrocha et Phil poursuivit sa route en direction du magasin de Guy Trémeur, tandis que Jean-Paul Kerlarun avait sans doute pris la direction de son domicile. François secoua négativement la tête, surpris par la déclaration de son interlocuteur, il raconta l'entretien à Phil et précisa :

— Nous lui avons servi le coup de l'ADN et il a mordu ! Quand on sait que cette sangle a séjourné dans l'eau du port, je ne vois pas très bien ce que les spécialistes pouvaient réellement retrouver ! Je doute, en tous les cas, qu'ils puissent y découvrir quelque chose ! Mais, voilà néanmoins une explication quant à la sangle…

— Si c'est la bonne version ?

— Imaginons qu'elle le soit. Cela voudrait dire que la chère Fatou avait tout prévu de longue date, que tout était programmé, tout au moins concernant son époux, et que le but, depuis le départ était d'accabler et de culpabiliser les deux amis d'enfance.

— Dommage que la belle n'ait pas pensé qu'elle serait la première sur la liste ! Tout ceci me paraît de plus en plus machiavélique. Finalement, avec du recul, je me dis que j'aurais bien voulu la rencontrer de son vivant !

— Oui, moi aussi ! Du coup, il nous faudra tenir compte de cette info pour orienter Guy Trémeur quant à sa seringue, si tant est qu'elle lui appartienne !

Ils se garèrent sur le parking situé près de la poste et se dirigèrent d'un pas tranquille vers le magasin de Guy Trémeur. À peine s'étaient-ils présentés à la porte du magasin que celui-ci se précipita vers eux pour les accueillir. Il paraissait tout aussi inquiet et embarrassé que son ami Kerlarun. Il leur proposa aussitôt de le suivre à l'étage pour s'installer au salon comme les fois précédentes. Sur la défensive, l'homme attendait, ne voulant pas s'exprimer avant les OPJ qui terminaient de s'installer. Le portable de Phil en route, François attaqua l'entretien :

— L'objet de notre visite est très précis. Nous avons plusieurs points à vérifier auprès de vous.

Il se contenta d'approuver de la tête, sans prononcer le moindre mot. Le silence qui régnait dans la pièce faisait un peu penser au calme qui précède la tempête.

François l'interrogea sur son emploi du temps du vendredi midi au samedi matin. Il se justifia tranquillement. Cette question ne semblait guère l'inquiéter. Son épouse et son personnel seraient parfaitement en mesure d'en témoigner. Il confirma n'avoir pas rencontré son ami, Jean-Paul Kerlarun, ces derniers jours.

Ils en arrivèrent à la question qui préoccupait le plus les OPJ. François poursuivit :

— Avez-vous eu l'occasion de vous déplacer dans le véhicule 4x4 Volkswagen Tiguan, de Fatou, avec ou sans elle. C'est-à-dire avec Jacques Kérity par exemple ?

— Jamais ! D'abord, elle possédait ce véhicule depuis très peu de temps. Je crois même savoir que c'était le premier exemplaire de ce modèle livré sur Quimper par la concession concernée. Quand nous nous rencontrions tous ensemble, elle venait à chaque fois dans le Nissan Terrano II de Jacques qu'il conduisait toujours, quel que soit son état, je veux dire, même après avoir bu plus que de raison. D'autre part…

Avant de répondre, il se leva pour aller fermer la porte de la pièce afin d'éviter, sans doute, que son épouse n'arrive de façon impromptue et n'entende ce qu'il allait dire. Il poursuivit sur un ton plus confidentiel :

— En dehors de quelques cafés pris au bar à Quimper, j'ai rencontré Fatou uniquement à l'hôtel de la sortie de la ville, comme je vous l'ai dit précédemment.

François ressortit le sachet transparent contenant la seringue et le présenta :

— Reconnaissez-vous ceci ?

Guy Trémeur se figea, de la même manière que l'avait fait son ami, Jean-Paul Kerlarun. Il se montra plus hésitant dans sa réponse :

— Oui… enfin, je veux dire que j'utilise les mêmes… Il réfléchit quelques instants avant de conclure : comme tous les diabétiques qui ont recours à ce type de traitement, pourquoi ?

Cette dernière réponse parut le soulager. François hésita, mais se souvenant de la réaction de Kerlarun, décida de pousser l'avantage un peu plus loin.

— Oui, sans doute, sauf que celle-ci porte vos empreintes digitales et votre ADN et qu'elle a été retrouvée dans la voiture appartenant à madame Fatou Kérity, si vous voyez ce que je veux dire…

— C'est impossible… Non, sûrement pas ! Je vous dis que c'est impossible !

— Je ne vous demande pas si c'est possible, je vous dis ce que nous avons découvert ! Comment pouvez-vous l'expliquer ?

Il ne comprenait visiblement rien. Il se prit la tête entre les mains, les coudes posés sur ses genoux. Il resta ainsi, longuement, à réfléchir. Les deux OPJ ne bougeaient pas et surveillaient sa réaction dans un terrible silence. Ils savaient trop bien que les gens détestent le silence et, souvent, se trahissent rien que pour le briser. C'est un vieux truc de flic : laisser planer le doute et les regarder creuser leur propre tombe en tentant de s'expliquer. Il releva enfin la tête, tout en la secouant négativement. Les OPJ dévisageaient l'homme qui semblait fondre sous leurs yeux comme happé de l'intérieur par ses propres souvenirs. Il se contenta de maugréer :

— Non, non… vraiment… Je vous jure que ce n'est pas possible !

Son embarras était total. Il se sentait acculé, comme pris dans un piège duquel il ne savait pas sortir. Il regardait les OPJ comme une proie facile face aux prédateurs, désemparé et vulnérable. Il faisait subitement pitié. François tenta d'amorcer une ouverture pour l'aider à retrouver un espoir.

— Est-ce qu'il vous est arrivé d'utiliser cette seringue en présence de Fatou, je dirais à l'hôtel ?

Il réfléchit longuement et finit par reconnaître qu'au moins une fois ou deux, effectivement, il avait eu à s'en servir. François lui demanda ce qu'il en avait fait après usage. Il rechercha une nouvelle fois dans ses souvenirs et se rappela qu'une fois Fatou l'avait ramassée et lui avait proposé de la jeter en rentrant, en même temps que diverses petites choses intimes. Mais il ne comprenait toujours pas le rapport qui pouvait exister entre les deux situations : d'une part, l'hôtel, et d'autre part, la voiture… Il aurait pourtant aimé se défendre, cependant, il ne voyait pas comment s'y prendre. Il choisit donc de se taire.

Pour le sortir de cette impasse, François lui suggéra que cette seringue avait peut-être été conservée par Fatou pour être mise en évidence plus tard dans le véhicule par l'assassin afin de diriger certaines recherches…

Il fit une nouvelle fois preuve d'une naïveté déconcertante, il n'arrivait pas à imaginer, une seconde, Fatou comme étant une instigatrice diabolique et, d'ailleurs, n'était-elle pas la première victime? Il continuait à la placer très haut dans son estime. Il tentait de se concentrer dans cet univers chaotique, se posant une multitude de questions. Sans se préoccuper de ses propres sentiments, il en arriva à considérer qu'elle avait certainement dû être manipulée. La discussion porta alors sur les hypothèses d'une machination hors du commun autour de cette femme, mais sans qu'aucun des trois hommes ne puisse esquisser un raisonnement logique ni ouvrir une piste crédible.

Ceci soulagea Guy Trémeur qui voyait ainsi s'écarter de lui toutes les présomptions. François et Phil restaient persuadés que l'énigme de toute cette affaire se situait ailleurs que dans le cercle des trois hommes. Mais en l'absence d'éléments convaincants, comment le démontrer? François évoqua la piste des salariés licenciés de la SAG puisqu'autant lui que Jean-Paul Kerlarun étaient aussi actionnaires et donc à l'origine des licenciements.

— Non! Certainement pas! rugit Guy Trémeur, d'une voix soudainement plus ferme et retrouvant son timbre. Ici, les marins, plus que quiconque sur la terre ferme, ont un profond respect de la vie. Jamais, vous m'entendez? Jamais, ils ne viendraient porter atteinte à la vie d'un membre de l'armement et encore moins à celle de son épouse! Là aussi, cette éventualité est complètement ridicule! Je connais bien la plupart d'entre eux, si ce n'est tous, ce sont des hommes courageux, honnêtes, travailleurs et très sérieux, comme tous les marins ici au Guil. Si, toutefois, ils avaient eu quelque chose à dire, ils n'auraient pas hésité, ils peuvent avoir le coup de gueule facile, certes, mais c'est tout. Je puis vous dire que, lorsque nous avons décidé de nous désengager, ils ont tous parfaitement compris. Bien sûr qu'ils regrettaient notre décision, mais je puis vous assurer qu'aucun d'entre eux, vous m'entendez bien ? AUCUN ne nous en voulait. Ils connaissent la situation de la pêche mieux que personne !

Guy Trémeur venait de donner, à peu près, le même argumentaire que Joël Le Traon avait rapporté précédemment au bureau et François partageait ce point de vue. Pourtant, le patron et le procureur semblaient intransigeants sur la question ; comment pouvaient-ils être aussi aveuglés par cette hypothèse ?

Guy Trémeur avait retrouvé des couleurs après avoir senti le boulet du canon lui siffler aux oreilles. Les deux OPJ pensaient qu'ils venaient de comprendre également que cette affaire était beaucoup plus complexe que l'on pouvait l'imaginer de l'extérieur. Et toute la discussion qui suivit n'apporta rien de nouveau permettant de donner la moindre piste quant à l'assassinat de Fatou et celui de Jacques…

Phil et François quittèrent le magasin de Guy Trémeur et rejoignirent leur voiture. Ils discutèrent quelques instants avant de démarrer. Il leur devenait évident que cette sangle et cette seringue avaient été disposées par une main mal intentionnée, avec la complicité préalable de Fatou, avant qu'elle ne soit elle-même une victime. La préméditation ne faisait aucun doute dans toute cette affaire. Le problème était que certains participants jouaient tantôt le rôle du chasseur, puis celui du lapin. Pourquoi et comment tout ceci pouvait avoir été orchestré ? C'était toute la question…

Comme convenu à la table du restaurant, ils décidèrent de se rendre au siège des Affaires Maritimes afin de faire un premier point sur la liste du personnel licencié de la SAG. Un certain affolement régnait dans l'entrée. La rumeur d'une vive grève des marins semblait se préciser et, quand François expliqua l'objet de sa visite, à la réaction du personnel, il comprit que le moment n'était pas choisi pour faire ce type d'investigation. Néanmoins, après de nombreux soupirs, l'interlocutrice accepta de les diriger vers un bureau situé au fond du couloir.

Un homme, proche de la retraite, les accueillit jovialement :

— Entrez, entrez ! Installez-vous ! Ah ! J'vous dis qu'en ce moment, ce n'est pas simple, quelle affaire !

Phil crut d'abord qu'il parlait de l'enquête les concernant, mais en réalité, il s'aperçut aussitôt que la seule préoccupation de notre homme était la tournure des événements et l'éventuelle grève des marins qui lui paraissait désormais inéluctable.

— C'est sûr, demain soir on y a le droit ! Rien ne va plus avec cette hausse folle du prix des carburants, comme s'il n'y avait pas assez de problèmes comme cela, sans ça ! Vous ne croyez pas ?

Phil et François approuvèrent de la tête et, une fois que l'homme eut terminé de s'exprimer, ils en vinrent à la liste du personnel de la SAG.

— C'est que je ne pourrai pas vous le dire au jour près. Pour la plupart, je sais qu'ils ont embarqué, mais certains, je crois, ont dû aller dans d'autres ports, hors de mon quartier maritime, tandis que d'autres sont partis au commerce ou encore, il me semble, au thon, sur la flotte qui se trouve en Indonésie…

— Bien sûr, nous comprenons, nous allons toujours voir en fonction de vos informations et nous aviserons.

— D'accord. J'ouvre mon logiciel pour examiner mes états et, là, vous me donnez les noms et je vous dirai ce que j'ai. Vous enquêtez sur l'affaire de Jacques Kérity, c'est ça ?

— Oui.

— Ce n'est sûrement pas un type du Guil qui a fait le coup, pas plus que pour sa femme, ça vous pouvez en être sûrs !

— Qu'est-ce qui vous faire croire ça ?

— La façon dont se sont passées les choses... On dirait une affaire de grand banditisme. On n'est pas à Chicago ici ! Ni dans les quartiers louches de Marseille ! Non, j'vais vous dire, pour tout le monde ici, ce sont des types « d'ailleurs » qui ont fait le coup.

— Ailleurs, ailleurs, c'est vaste ! lança François comme un ballon-sonde, puisque cet homme semblait disposé à parler.

Il était toujours intéressant d'avoir l'avis de la rumeur locale, se disait-il, même s'il savait que les brèves de comptoir n'ont jamais grande valeur.

— Sa femme... une belle femme d'ailleurs...

— Vous la connaissiez ?

— Non. Mais elle ne passait pas inaperçue ici. Pas une personne ne pourrait prétendre ne jamais l'avoir croisée un jour, vous pensez bien ! Avec son allure de mannequin, elle venait peut-être d'un autre milieu, allez savoir !

— De quel autre milieu voulez-vous parler ? lui demanda Phil qui venait d'enfiler sa meilleure tête de flic, y ajoutant juste une pincée de sourire façon présentateur du « 20 heures », professionnel, mais accessible.

— Oh ça? lâcha-t-il d'un ton d'impuissance en soulevant et laissant retomber ses épaules. Moi, c'que je vous en dis, personnellement, je n'en sais rien… Mais, à c'qui se dit: venant d'Afrique, passant par Paris, elle aurait bien pu être venue d'un environnement autre… si vous voyez c'que je veux dire!

— Non. Nous ne voyons pas du tout! rajouta Phil, la gorge éclaircie.

— Et puis cette rencontre par les machins d'Internet, ce n'est pas clair non plus, à c'qui paraît! ajouta-t-il d'une voix posée, ne trahissant ni anxiété, ni crainte.

— Vous ne pouvez pas être plus précis, s'il vous plaît?

L'homme venait de réaliser qu'il avait déjà trop parlé, il se referma comme une huître. Une insaisissable lueur habitait son regard, imprécise et changeante, bien que son visage affichât la sérénité des hommes de peu d'imagination. Il s'installa devant son écran d'ordinateur:

— Je vous l'ai dit, moi je ne sais rien! C'est vous qui êtes de la police, c'est vous qui voyez. Bon, si on en venait à votre liste?

Tout ce qu'il venait de dire ressemblait plus à un raisonnement de circonstance qu'à une intime conviction, néanmoins, Phil et François regrettèrent que l'homme ne leur confiât pas davantage d'informations sur la rumeur. Après tout, les sous-entendus paraissaient suffisamment explicites. C'était sans doute dans l'environnement antérieur de Fatou qu'il fallait rechercher. Mais ça, c'était une autre question…

Au vu des renseignements rentrés dans les fichiers, il ne restait plus que sept ou huit personnes dont ils auraient à vérifier l'emploi du temps depuis leur licenciement.

Les autres étaient tous embarqués pour différentes activités, allant de la pêche, au commerce ou à la pêche au thon en Asie en passant par la *Brittany Ferries*.

Le milieu maritime manquant de bras, personne ne restait à terre bien longtemps. Leur interlocuteur refusa de revenir sur l'affaire des meurtres.

Il avait d'ailleurs terminé sa journée et le fit comprendre.

Sur la route du retour, Phil et François ne purent s'empêcher de revenir sur la discussion soulevée par l'homme qu'il venait de rencontrer.

— Jacques Kérity est un mareyeur honorablement connu sur la place, je ne vois pas très bien qui pourrait vouloir attenter à sa vie, évoqua tout haut François.

Ils tentaient d'analyser les événements en essayant de donner un sens à ce qui se passait, et d'envisager des possibilités.

— C'est vrai. Reste à creuser autour de Fatou : son origine, son environnement et tout ce qui la touche de près ou de loin. Elle-même, déjà par son comportement, n'est pas claire. Au départ, tout paraissait simple dans sa vie, le grand amour, la vie en rose…

Mais, dans le même temps, elle détourne les deux amis, leur pique du pognon au passage, vide les comptes auxquels elle a accès et disparaît. Ce n'est pas très banal comme situation. Mais, au lieu de filer avec l'argent et d'en profiter, on la retrouve assassinée. Nul doute que l'argent n'a pas été perdu pour tout le monde ! Il faut donc pouvoir remonter le parcours de celui-ci et nous atteindrons directement les profiteurs…

— Oui, tout est là ! Pour le reste, fausses pistes et apparences, ce ne sont que des artifices pour nous tromper !

Phil approuva de la tête ce que venait de dire François qu'il considérait comme un bon technicien, tout en sachant qu'il était aussi doté d'une imagination et d'une mémoire exceptionnelles. Il l'avait toujours trouvé compétent, d'une honnêteté scrupuleuse, à l'ancienne, et parfaitement discret. Autant l'un que l'autre détestaient la négligence sur le plan professionnel. Au fond, ils avaient toujours eu une même vision de leur profession.

La voiture filait à présent sur la voie express entre Pont-l'Abbé et Quimper et les deux OPJ restaient silencieux, ressassant leurs frustrations dans cette affaire, tandis qu'à l'horizon, le soleil d'un roux flamboyant, expirait doucement. Ils rédigeraient leur rapport demain… car demain serait un autre jour.

7

Mardi 29 octobre 2007.

Le patron était en avance à son poste ce matin et il n'accorda pas de pause-café à ses trois OPJ qu'il voulait voir de toute urgence.

Ils eurent à peine le temps de prendre leur place en apportant leurs notes que le patron attaqua :

— Bon alors, vous en êtes où ? Je veux un point précis de chacun d'entre vous.

François fit un rapport circonstancié des recherches effectuées, propos appuyés de commentaires de Phil, de temps à autre. Ils livrèrent leurs convictions sur le fait que, le ou les meurtriers avaient laissé, d'une façon délibérée, la sangle du transporteur et la seringue de l'ami dans la voiture de la deuxième victime. Pour eux, il était clair que ces éléments faisaient partie, au même titre que le SMS de départ, de la préméditation d'un plan visant à supprimer Fatou et Jacques Kérity, une fois l'argent récolté et mis en sécurité.

Quant à Joël Le Traon, il évoqua les perquisitions et confirma que Fatou avait bien pris toutes les précautions pour supprimer toute information permettant de remonter une quelconque filière. Plus d'ordinateur portable, plus de documents comptables, disparition de papiers et d'écrits divers. Elle avait pris toutes ses dispositions pour disparaître à tout jamais en jetant, avant de s'en aller, un pavé dans la mare.

Le patron avait écouté patiemment mais, en l'absence de résultats, n'en pouvant plus, il ne cacha pas sa colère :

— Écoutez, ça commence à bien faire dans cette enquête ! Vous ne savez me dire que ce qui « n'est pas », ce que je vous demande c'est ce qui « est », suis-je clair ? Le procureur nous demande des pistes, des hypothèses sur lesquelles vous pourriez travailler, alors, je veux absolument qu'aujourd'hui, pour ce soir au plus tard, vous me remettiez tous vos rapports, y compris tout ce qui concerne la journée d'hier pour chacun d'entre vous, que vous me fournissiez la liste des hommes licenciés par la SAG pouvant être présents à terre au moment des deux drames et que vous rentriez toute cette affaire dans le SALVAC... Ce n'est pas une demande, vous l'avez bien compris, c'est un ordre ! Le procureur l'exige ! Il considère d'ailleurs qu'en règle générale, les assassins ne sont pas, comme Jack L'éventreur, des individus habités par un démon insatiable que l'on ne saurait apaiser qu'en versant le sang. Le plus souvent, et vous le savez bien, ce sont des gens ordinaires, devenus des assassins, parfois par hasard, alors faites votre boulot dans ce sens !

Ils se séparèrent sur ce climat tendu. Les trois OPJ avaient bien compris que le patron avait été mis sous pression par sa hiérarchie et personne ne fit de commentaires supplémentaires, mesurant bien qu'il reportait sur eux cette pression. Ils regagnèrent leur bureau puis filèrent prendre un café qu'ils ramenèrent aussitôt à leur poste de travail. Ils savaient qu'il leur faudrait une bonne partie de la journée pour rédiger tous les procès-verbaux des constats effectués ainsi que ceux des entretiens. Ils décidèrent aussi de se répartir les rôles. Phil et François considéraient que Joël Le Traon, étant du Guil et connu de tous, ne pouvait pas se rendre sur le terrain pour rencontrer les hommes de la SAG. Par conséquent, il se chargerait de saisir le dossier de cette affaire dans le logiciel du SALVAC. Pendant ce temps, Phil et François éplucheraient l'emploi du temps des hommes de la SAG. Ils se félicitèrent d'avoir pris un peu d'avance sur ce dossier en étant déjà passés la veille au siège des Affaires Maritimes. Joël Le Traon dissimulait mal son mécontentement et s'exprima en râlant :

— C'est comme ça à chaque fois que l'affaire se complique ? Le patron se montre toujours aussi omniscient ?

— Hélas, mon pauvre ami ! soupira François.

— Je n'arrive pas à comprendre cette obsession à vouloir « à tout prix » nous voir nous investir sur ces deux axes de travail !

— Tu sais, Joël, reprit Phil, vu du bureau du procureur mais aussi de celui du patron, qui ne sont pas sur le terrain comme nous, il apparaît seulement que nous n'avons rien découvert sur les victimes ni leurs amis. Alors, de deux choses l'une ensuite :

soit cette affaire repose sur l'environnement local et il faut vérifier auprès des personnes licenciées, soit celle-ci relève d'un schéma plus national, voire international et, dans ce cas, le SALVAC peut être le lien révélateur d'autre chose…

— D'accord, je veux bien, mais je reste persuadé qu'ils sont à côté de la plaque !

— Très bien, que proposes-tu dans ce cas ?

Joël se contenta de soulever ses épaules dans un geste d'impuissance. Il n'avait, comme ses deux collègues, aucune piste de travail à proposer.

— Tu sais, notre patron c'est un professionnel de très grande qualité qui, selon le principe de Peter que tu dois connaître, est loin « d'avoir atteint son niveau d'incompétence ». Il faut que tu saches que cet homme, sous des dehors parfois rudes, et peu porté aux concessions, entretient l'âme d'un pédagogue. Il supporte et tolère l'erreur, à la seule condition qu'elle ne se reproduise pas.

— Je ne dis pas le contraire ! grommela Joël, l'air désabusé et un peu triste de ne pas avoir de solution à soumettre.

— Bon ! Tu vois bien, nous n'avons pas le choix, alors mettons-nous au boulot ! se contenta de préciser Phil, approuvé par François, à côté de lui. Le temps nous file entre les doigts et nous sommes contraints d'admettre que l'enquête piétine et que nous n'avons pour l'instant pas d'autres pistes. Il faut assumer ! rajouta Phil, un peu plus sèchement, réprimant une légère moue d'agacement, mais sans réelle acrimonie.

La journée fut consacrée aux tâches administratives plus que jamais et ponctuée de temps à autre par des appels téléphoniques et des dérangements intempestifs de toutes sortes relatifs à différentes petites affaires en cours, comme cela se produit tout au long d'une journée normale de travail au commissariat de Quimper.

Très tard en fin de journée, Joël Le Traon reçut un appel téléphonique. Après une brève discussion, il raccrocha.

— Les gars, c'est parti ! dit-il en s'adressant à ses deux collègues.

— Qu'est-ce qui est parti ? demanda Phil, toujours plongé dans ses rapports.

— Les marins du port du Guil se mettent en grève.

Les bateaux restent à quai jusqu'à nouvel ordre. C'est sûr que les chalutiers du large qui doivent financer un ou deux jours de route pour se rendre sur les lieux de pêche ne peuvent plus s'en sortir avec cette hausse du prix du carburant et comme le FPAP[5] a été arrêté, les bateaux et les marins perdent de l'argent, ça ne peut donc pas continuer.

— Et tu crois que la grève va se limiter au port du Guil ? demanda Phil.

— Non. Le problème est le même partout, ce mouvement va faire tache d'huile dans les autres ports, on peut penser que Concarneau, Lorient et tous les autres vont suivre, de la Normandie à la Vendée…

— Eh bien, en ce qui nous concerne, ça ne va pas être facile d'aller discuter avec les marins dans ces conditions… se contenta de dire Phil.

Ils décidèrent d'alerter le patron de cette situation. Ce dernier appela le procureur et il fut décidé

5. *Fonds de Prévention des Aléas à la Pêche.*

d'attendre quelques jours pour mieux connaître l'évolution et aviser.

La Toussaint étant le jeudi, un point serait fait le vendredi 2 novembre. Rien n'empêchait de poursuivre l'enquête, en suspendant seulement la rencontre avec les marins de la SAG, tout le reste devait suivre son cours.

*

Vendredi 2 novembre et samedi 3 novembre 2007.

Le mouvement de colère des marins pêcheurs démarré au Guilvinec s'étendait aux autres ports. Concarneau, Lorient, La Turballe, Le Croisic suivaient et tous les autres, au rythme de leurs assemblées générales, semblaient s'accrocher au mouvement.

Le vendredi matin, au Guilvinec, des marins avaient mis le feu à leurs fiches de pêche devant le siège des Affaires Maritimes dont ils avaient muré l'entrée avec de lourds panneaux de chalut.

Le soir même, un bateau désarmé était symboliquement incendié sur un rond-point pour manifester contre le coût des carburants. À cette occasion, les marins reçurent le soutien des mareyeurs dont les entreprises souffraient de l'enchérissement du transport routier. Pour l'instant, la Bretagne-Nord et la Normandie, où la saison de la coquille battait son plein, temporisaient, tout comme le port de Boulogne. Cependant, le mouvement prenait une tournure nationale, tous les médias relataient l'événement et cette opération tournait au bras de fer avec le ministre en charge du dossier.

Pendant tout ce temps, l'enquête des trois OPJ n'avançait guère. Ils avaient beau repasser en revue tous les procès-verbaux et esquisser toutes sortes d'hypothèses de travail, rien ne leur permettait d'ouvrir la moindre voie à exploiter. Toutes les données avaient été enregistrées sur le logiciel du SALVAC, sans retour pour l'instant.

Le patron s'étant entretenu avec le procureur, il fut décidé d'attendre le courant de la semaine suivante pour retourner sur le terrain au Guil, chacun considérant que ce mouvement ne pouvait durer indéfiniment.

Quant à Phil, chaque jour qui passait le rapprochait de la naissance de sa fille, Clémence. Ces perturbations extérieures dans l'enquête venaient le déstabiliser encore un peu plus.

Au lieu de se concentrer sur son travail, il ne cessait de penser à son épouse, Gwen, qu'il appelait plusieurs fois par jour.

Son esprit allait de l'un à l'autre, comme un mauvais enquêteur, et il tentait parfois, vainement, de se sermonner en se disant : « Tu sais très bien ce qui te met la tête à l'envers, mais tu dois absolument te concentrer sur ton job ! »

Joël Le Traon ne s'intéressait qu'au mouvement de grève qui chahutait son cher pays bigouden et ne pouvait, lui non plus, se concentrer comme il se devait sur son affaire. L'incertitude ambiante faisait travailler son imagination de façon débordante.

Seul, François restait calme et stoïque face à toutes ces perturbations, mais n'avançait pas plus pour autant dans l'enquête. Le doute venait même piquer son amour-propre.

Décidément, cette affaire perdait tout son sens, elle avait démarré curieusement, rebondi tout aussi bizarrement pour, finalement, laisser tout le monde en rade, sur le quai.

*

Lundi 5 novembre 2007.

Dès le matin, le patron demanda à Phil et François de se rendre au Guil... Le procureur voulait absolument que le seul pan de cette affaire qui n'ait pas été traité puisse l'être. Ils devaient rencontrer tous les marins licenciés de la SAG qui se trouvaient à terre au moment des deux meurtres.

— Il n'y a plus d'alternative possible, avait-il précisé, rajoutant d'une voix mesurée, presque atone : Dans toute cette affaire, vous ne voudriez pas nous faire croire qu'un meurtrier soit sorti de nulle part et ait orchestré ces meurtres sans laisser la moindre trace ! Joël Le Traon restera au commissariat pour faire face aux affaires courantes, d'autant que la visite du président de la République, Nicolas Sarkozy, est annoncée pour demain au Guilvinec où il rencontrera une délégation du comité de crise.

L'humeur n'était guère à la convivialité, Phil et François partirent le matin même au Guilvinec et dans les environs, pour tenter de rencontrer les marins de la SAG. L'ambiance était houleuse, même à Quimper où des groupes se déplaçaient et provoquaient, ici ou là, des barrages, notamment à des ronds-points stratégiques et sur la voie express, afin de se faire entendre. On parlait aussi de blocages de raffineries, notamment celle de Donges. Mais la population les soutenait, chacun connaissant la pénibilité et le risque du travail du marin et l'importance de cette activité économique pour le reste de la région.

Durant la matinée, Phil et François réussirent à se rendre chez trois marins, mais vérifications effectuées, ils ne pouvaient être concernés par les meurtres. Ils décidèrent de déjeuner au *Poisson d'Avril* dont ils appréciaient de plus en plus la table et le cadre.

Ils furent très surpris de l'animation. Ils commencèrent par rencontrer des difficultés pour se garer à proximité, en raison du nombre important de voitures dont les plaques d'immatriculation n'affichaient pas forcément le « 29 » du département. En entrant dans le restaurant, ils furent happés par un brouhaha inhabituel dans cet établissement, il y avait beaucoup de monde. Ils aperçurent le patron Éric Robins et lui firent signe :

— C'est de la folie en ce moment, leur dit-il, toutes mes chambres sont prises par les journalistes qui relatent l'événement et se servent de mon restaurant comme QG. Il faut dire que, situés à cet endroit, nous sommes aux premières loges ! Et demain, avec la venue du président de la République, je n'ose pas imaginer ce que ça va être ! Mais venez par ici, je vais vous installer à une petite table et m'occuper de vous rapidement.

Ils se retrouvèrent bien loin, cette fois, de la grande baie vitrée qui offrait un magnifique panorama sur le large et l'entrée du port. Les discussions étaient vives, les téléphones portables sonnaient à tout instant et chacun tentait de surmonter l'animation pour communiquer. On se serait cru dans une salle des marchés financiers quand les traders doivent prendre des positions tout en étant en liaison avec presque tous les marchés du monde.

Les plats servis n'avaient rien perdu de leur qualité habituelle ; malgré ces circonstances particulières, Guénola continuait à se décarcasser en cuisine. Ils se firent discrets et partirent rapidement, souhaitant bon courage au patron qui ne savait plus où donner de la tête, tout comme la jeune et jolie serveuse.

Ils éprouvèrent beaucoup de difficultés pour localiser deux autres marins qu'ils avaient envisagé de rencontrer : l'un, habitant du côté de Lesconil et l'autre, de Loctudy, dans un lieu-dit mal orthographié sur leur liste. Là encore, il était évident que les deux marins n'avaient, non plus, rien à voir dans cette affaire au vu des réponses formulées.

Ils rentrèrent le soir sans succès. Sur la route du retour, ils avaient le curieux sentiment de perdre leur temps, mais les ordres étant les ordres...

Au commissariat, ils retrouvèrent Joël Le Traon, tout excité à l'idée de voir le président de la République venir dans sa ville le lendemain. Il s'intéressa à peine aux résultats des visites effectuées par Phil et François, pour ne parler que de la grève des marins, de ce qui se passait et surtout de ce qui se disait !

Tandis que Phil et François rédigeaient leurs rapports, Joël vint vers Phil :

— Ah, j'ai failli oublier de te le dire ! Il y a un OPJ de Bordeaux, un certain Jacques Gradignan, que tu dois connaître, je crois, d'après ce qu'il a dit, qui a tenté de te joindre ici dans la journée et qui voudrait que tu le rappelles sans faute. Tiens, je t'ai noté ses coordonnées sur ce papier.

— Il ne t'a rien dit de précis ?
— Non. Juste qu'il voulait t'avoir absolument.
Phil examina le papier, le nom lui disait vaguement quelque chose, il se souvenait l'avoir rencontré lors de son stage à Bordeaux. Il tenta de le joindre au téléphone, mais apprit que son collègue était sorti et qu'il ne pourrait le joindre que le lendemain matin. Phil n'insista pas davantage, il voulait sans doute prendre de ses nouvelles, sans plus…

*

Mardi 6 novembre 2007.

Tous les médias ne parlaient que de la visite éclair au port du Guilvinec de Nicolas Sarkozy dont le voyage se poursuivrait ensuite vers l'Amérique.

Pour une fois, le patron ne s'attarda guère sur l'affaire.

Ses préoccupations étaient ailleurs. Le rapport rapidement bouclé, il libéra les trois OPJ qui prirent le temps de prendre leur café tranquillement en commentant la revue de presse. En revenant à sa place, Phil retrouva le papier de Joël qui lui rappela qu'il devait appeler son collègue de Bordeaux, Jacques Gradignan. Il commença par cet appel.

— Ah, Phil, je suis content que tu me rappelles, tu te souviens de moi ? Nous étions en stage en même temps dans les vieux locaux de l'hôtel de police de Bordeaux, juste avant d'être nommés.

— Oui ! Effectivement ! répondit Phil, cherchant désespérément son visage dans sa mémoire, mais n'arrivant toujours pas à le situer.

— Vous êtes désormais dans vos locaux tout neufs à Mériadec, j'imagine ?

— Oui, et c'est super, on est vraiment bien installés, rien à voir avec ce que tu as connu à « Casteja », tu sais, les bâtiments situés rue l'Abbé-de-l'Épée et rue Casteja !

— C'est vrai que c'était vieillot, mais je me souviendrai toujours du caractère architectural des bâtiments en U, à la façade extraordinaire, gravée du langage des signes, et de l'imposante statue de Charles de l'Épée. C'était un lieu chargé d'histoire !

— C'est le moins qu'on puisse dire, en effet !

— Alors qu'est-ce qui te conduit vers moi ?

— C'est en examinant une affaire dans le SALVAC hier que j'ai vu ton nom, cité à côté de celui de tes deux collègues, et figure-toi que nous avons une affaire qui ressemble étrangement à la vôtre et qui s'est déroulée ici, il y a peu de temps !

— Comment ça ?

— Voilà, je t'explique en deux mots et après nous en discuterons, si tu veux.

— D'accord !

— Il y a deux ans, une jeune femme noire s'est mariée à un riche viticulteur de la région bordelaise, celui-ci vivait en centre-ville de Bordeaux. Elle a été assassinée quelques mois après son mariage. On l'a retrouvée dans une mare d'un terrain vague du côté de Bègles, le visage complètement défiguré...

— Oui, je vois...

— Peu de temps après, son époux a été retrouvé dans la Garonne au volant de sa voiture. Mort bien entendu. Sa femme lui avait annoncé qu'elle le quittait et il n'avait pas supporté cette rupture. Les

OPJ en charge de l'affaire ont considéré qu'il s'était suicidé après l'avoir assassinée. Tout était clair pour tout le monde et l'affaire a été rapidement classée.

— Oui, je vois de plus en plus…

— Seulement, ces derniers mois, tous les héritiers de ce brave homme, une importante famille, dans le domaine de la viticulture, qui porte un nom à rallonge et où il y a beaucoup d'enfants, se sont organisés, ont demandé des explications et effectué des recherches sur la disparition de la fortune de l'homme. Manifestement, des capitaux importants n'ont pas été retrouvés, plus de traces… Le doute s'est installé et ils ont demandé une autopsie de la victime. Certains de ces héritiers sont très influents dans le monde des affaires sur la place de Bordeaux. Aussi la brigade financière a-t-elle été sollicitée. Depuis, chaque jour nous fait découvrir des surprises dans cette affaire.

— Comment s'appelait la jeune femme noire ?

— Seynabou Gaye, trente ans, originaire de Taiba, un centre minier de phosphate au Sénégal, pas très loin de Dakar. Attends, je te transmets sa fiche par mail…

— D'accord. Et l'homme dans tout ça ?

— Je t'envoie sa fiche aussi. Il avait plus de cinquante ans, veuf, et avait découvert cette femme sur Internet, tu sais, sur un de ces fameux centres serveurs de rencontres. Il avait vendu une grande partie de son vignoble et jouissait de ses rentes sur la ville de Bordeaux, dans un luxueux appartement.

— Mais comment a-t-il fait pour la rencontrer si elle résidait au Sénégal ?

— Non, non, pas du tout ! Elle vivait à Paris

depuis quelques mois et, il s'est dit à l'époque, qu'elle préférait habiter en province plutôt qu'à Paris. Ce fut, semble-t-il, le coup de foudre réciproque, le grand amour, mariage et tout le tralala… Mais, et là je tiens à te le préciser, à l'insu des familles respectives. En effet, les enfants de notre homme de Bordeaux n'appréciaient guère cette intruse qui risquait de venir perturber les perspectives d'héritage, je suppose…

— Tu sais que tu es en train de me faire monter l'adrénaline, en ce moment ? lui dit Phil alors qu'un message venait de s'afficher à son écran. Ah, ça y est ! Je viens de recevoir une partie de ton fichier… Ne quitte pas, je le lis…

— Je t'ai mis, au début du dossier, la photo d'identité de la jeune femme, mais elle n'est pas très bonne ni très ressemblante, aussi, en fin de dossier, je t'ai joint une autre photo prise en pied, où elle pose à côté du Colbert, le long de la Garonne. Celui-ci n'est plus ici d'ailleurs, mais chez toi, quelque part dans la rade de Brest, pour démolition, je crois. Bref, ce cliché est surtout plus récent.

Phil se mit à lire le dossier dont l'identité des personnes lui était inconnue. Cependant, il pressentait que leurs enquêtes avaient de nombreux points communs.

Il arriva sur la photo en pied de la jeune femme et s'écria :

— Merde ! Mais c'est Fatou ! François et Joël, venez voir !

Les deux OPJ se précipitèrent et, en découvrant la photo, eurent la même réaction que Phil qui reprit la discussion avec son collègue :

— Tu me dis bien que c'est la jeune femme en pied sur la photo qui a été assassinée ?

— Oui, bien sûr ! Là, il n'y a pas de doute, c'est après que…

— Non, non. Rien n'est moins sûr car, figure-toi que c'est justement « CETTE » jeune femme qui a aussi été assassinée chez nous ! Je t'adresse la photo en pied que nous avons d'elle, ne bouge pas, le temps de te la scanner et c'est parti !

Quelques minutes plus tard, les interlocuteurs de Quimper et de Bordeaux n'en revenaient pas d'avoir découvert cette situation invraisemblable. Ils alertèrent respectivement leur hiérarchie.

Les trois OPJ se retrouvèrent dans le bureau du patron qui ne voulait guère parler de cette affaire dans le moment, mais au vu des éléments présentés, il appela immédiatement le procureur. Ce dernier se mit en relation avec son homologue de Bordeaux. Il restait à attendre.

Les trois OPJ regagnèrent leur bureau. Ils étaient épuisés, mais excités en même temps par cette « porte » qui venait, inopinément, de s'ouvrir dans l'enquête. Une fois de plus, Phil et François crurent avoir la confirmation que, dans les affaires complexes, les pièces décisives se découvrent souvent à des moments inattendus… comme un petit coup de pouce de la chance. Les jours et les heures à venir s'annonçaient mouvementés.

Joël, quant à lui, ne tenait pas en place, non pas à cause de leur enquête qui risquait de prendre une nouvelle tournure, mais à l'idée de ce qui pouvait bien se passer au Guil. Devant son agitation, vers dix heures, François vint auprès de lui pour s'informer de l'heure à laquelle le président était attendu au Guilvinec.

— Vers onze heures, je crois, lui répondit-il. François consulta sa montre et préconisa à Phil et à Joël de quitter discrètement et séparément le commissariat et de se retrouver dans la rue. Il les prendrait avec sa voiture pour aller déjeuner au Guil ! Joël était tellement heureux qu'il aurait sauté au cou de François s'il ne s'était retenu !

Ils filèrent à l'anglaise. Avant d'arriver au Guil, Joël préconisa les petits chemins de traverse pour rejoindre *Le Poisson d'Avril*, tous les grands axes étant impraticables et contrôlés par la gendarmerie. Ils terminèrent le reste du trajet à pied et se retrouvèrent au restaurant.

La venue du premier homme de l'État au Guil plaçait le port au centre de la France pour quelques heures.

Vers onze heures, en accord avec Éric Robins, le patron du restaurant, ils se retrouvèrent tous les trois dans la salle, désertée à cette heure. Dehors, juste devant, entre l'établissement et le phare, la foule attendait l'homme d'État. Peu de temps après, celui-ci apparut au milieu d'une certaine cohue, nos trois OPJ ne pouvaient être mieux placés, tout en se tenant à l'écart. Quelques sifflets jaillirent, le service de sécurité éprouva quelques difficultés à maîtriser l'ordre dans ce mouvement de marée humaine duquel quelques voix inamicales s'élevaient. Puis, le calme revint. Le président était en réunion avec les membres du comité de crise.

Un peu avant midi, un porte-parole vint exposer aux pêcheurs ce qui s'était dit et leur demanda de « contrôler leur accueil » à celui qui avait eu le courage de venir les voir et discuter sur le terrain. Puis le président réapparut, souriant cette fois. Les sifflets s'étaient tus et quelques applaudissements saluèrent son départ.

La foule s'éparpilla et les journalistes installés au *Poisson d'Avril* se dirigèrent à grands pas vers leur nouveau QG. Phil, François et Joël avaient eu le temps de prendre place et de passer commande avant l'arrivée de la marée humaine. Comme la veille, l'animation était totalement hors norme. Ils déjeunèrent, très bien, comme d'habitude, tout en saisissant, ici ou là, des bribes de ce qui s'était déroulé ou des informations qui allaient être transmises aux médias, Joël était aux anges et serait, sans doute, éternellement reconnaissant à François et à son ami restaurateur de lui avoir fait vivre ce moment exceptionnel, confortablement installé aux premières loges.

Après le déjeuner, pour se donner bonne conscience, ils rencontrèrent les derniers marins concernés de la liste de la SAG. Mais, là encore, rien n'offrit la moindre piste. Tous les marins rencontrés dans cette affaire s'étaient montrés très respectueux de leur armateur et comprenaient parfaitement la vente des bateaux et le licenciement. La grève du moment était la meilleure preuve de cette situation catastrophique à laquelle ils étaient confrontés et aucune trace d'agressivité ne transpirait dans leur propos. Tous connaissaient bien Jacques Kérity et avaient exprimé une réelle et sincère peine. Visiblement, il n'y avait rien à espérer de ce côté. Ceci renforça Joël Le Traon dans son jugement précédent qu'il rappela sur la route du retour.

— Je vous l'avais bien dit que c'était une connerie de penser, un seul instant, que ces meurtres puissent être l'œuvre des marins de la SAG ! Ça ne peut pas être des gars du Guil qui ont fait le coup !

— C'est, plus que jamais, mon avis et, avec ce que le collègue de Bordeaux nous a appris ce matin, à tous les coups, nous allons nous orienter vers tout autre chose, rajouta François.

— Oui, je pense depuis le début que tout se trame dans l'environnement de Fatou, sur Paris. Quand je dis Fatou, j'en suis même à me demander qui elle est exactement. Tout ceci me paraît on ne peut plus ténébreux. Cette affaire bordelaise me semble, à la fois, si identique et tellement différente que je n'arrive pas à comprendre ce qui s'est réellement produit dans les deux cas.

Le soir, ils retrouvèrent leur patron, toujours dans tous ses états, avec cette journée peu ordinaire où il avait dû monopoliser l'essentiel de ses effectifs pour assurer la sécurité du passage du président et faire fi de tout le reste.

Le procureur ne l'avait pas rappelé, mais chacun sentait bien que l'heure allait passer à la recherche méticuleuse, sans se soucier du temps ni de la dépense, contrairement à toutes les préconisations précédentes en matière de budget.

C'était toujours comme ça. Le leitmotiv était d'économiser sur tout et, à un moment, selon les circonstances et le déroulement de l'enquête, il ne fallait plus économiser sur rien. Un seul objectif comptait : obtenir un résultat, coûte que coûte ! Et ce soir, sur leur visage, on lisait plus de fatigue que d'exaltation.

Il faudrait attendre le lendemain, peut-être, pour y voir un peu plus clair.

Leurs têtes bourdonnaient de toutes les conversations qu'ils avaient eues depuis le démarrage de l'enquête. C'était toujours ainsi : ça tourbillonnait dans les esprits. À présent on n'en était encore qu'au début des rushes mais ils pressentaient quelque chose sous toute cette affaire, quelque chose de trouble, comme une odeur imperceptible de pourriture, de mensonge, d'arnaque, qui les mettait sur la piste d'un truc énorme, sans encore le leur révéler. Mais ils se perdaient en conjectures pour l'instant encore.

Les trois OPJ décidèrent de rester boucler leurs rapports et d'aller ensuite prendre un verre ensemble dans un bar du quai, avant de rentrer.

8

Mercredi 7 novembre 2007. Matin.

Plus que jamais, chaque matin, lorsque Phil ouvrait les yeux sur son épouse Gwen qui dormait paisiblement à ses côtés, il aimait à retrouver cette pâle lueur de l'aube. Ce moment particulier était toujours pour lui un moment d'espoir, de calme et de sérénité. Il n'aimait pas sauter du lit pour se jeter sur le labeur quotidien sans s'octroyer ne serait-ce que quelques minutes de tranquillité et de plaisir durant ce moment de grâce où il voulait aussi laisser le temps s'étirer. Bientôt la petite serait là et leur imposerait le rythme harassant des biberons qui viendrait bouleverser leur vie quotidienne.

Au bureau, ce matin, la presse ne relatait que la visite éclair du président de la République au Guilvinec. C'était aussi le seul sujet de conversation autour du café où de nombreux collègues s'étaient rejoints. Joël Le Traon fanfaronnait au milieu de cette cour.

Au vu de ces articles, il semblait que les marins refusaient toujours de partir en mer, préférant rester prudents. Leur objectif principal étant d'obtenir un gazole à trente centimes. Pour cela, ils attendaient des écrits du ministre de la pêche. Quant à la visite du président, certains semblaient loin d'avoir été convaincus, d'autres se montraient agacés, mais, tous espéraient.

À Paris, les représentants du comité de crise et du comité national des pêches bataillaient ferme avec le ministre de la pêche pour obtenir les trente centimes du litre de gazole souhaités et diverses autres mesures dont les modalités restaient à définir.

Les photos des journaux montraient le président arrivant dans un tumulte de sifflets, puis en dialogue assez vif avec certains membres du comité de crise et, enfin, un départ plus détendu sous les applaudissements des personnes présentes. D'autres clichés présentaient les chalutiers toujours à quai, portant des banderoles sur lesquelles figuraient des messages revendicatifs.

Cette animation improvisée du matin fut interrompue par l'arrivée intempestive du patron, visiblement toujours sur des charbons ardents :

— Je veux vous voir tous les trois ! lança-t-il à la cantonade, face au groupe.

Puis il tourna les talons pour filer à son bureau. Les trois OPJ récupérèrent leur dossier en passant devant leur bureau et s'empressèrent de le rejoindre. Il s'impatientait déjà et manipulait des papiers posés sur son bureau en attendant que les trois OPJ prennent place. Quand ils furent installés, il jeta un regard impérieux sur les trois hommes et garda le silence quelques secondes, comme pour donner une plus grande solennité à sa déclaration :

— Votre affaire prend une nouvelle voie ! Comme quoi, vous voyez bien qu'il fallait entrer toutes les informations dans le logiciel SALVAC ! lança-t-il, sinon ça ne sert à rien de mettre des outils en place si on ne s'en sert pas.

Chacun prit pour lui cette réflexion. Si Phil et François restèrent de marbre, Joël Le Traon ne put s'empêcher de rougir et baissa la tête.

Le patron poursuivit :

— Deux collègues de Bordeaux sont sur la route avec leur dossier. Ils seront là en début d'après-midi. Je vous demande de tirer tout le parti du rapprochement qui pourra être fait entre ces deux affaires qui se ressemblent par leur déroulement. Inutile de vous préciser que vous aurez intérêt à pratiquer le gestaltisme de Kohler, Wertheimer et Koffka ! Évitez d'isoler les phénomènes les uns des autres pour les expliquer mais, au contraire, considérez l'ensemble comme indissociable et structuré.

La discussion et les échanges se poursuivirent sur cette affaire et celles qui étaient en cours, sans oublier d'évoquer la déstabilisation des services du fait de la visite du président de la République et de la grève des marins. Cette dernière, pour l'instant encore, persistait dans presque tous les ports de France. Puis le patron libéra les trois OPJ qui préparèrent l'arrivée des collègues de l'après-midi en rassemblant tous les éléments de leur dossier.

*

Mercredi 7 novembre 2007 - après-midi.

Les deux OPJ de Bordeaux se présentèrent vers quinze heures au commissariat de Quimper. Phil reconnut, à cet instant seulement, le collègue qu'il avait côtoyé quelques années plus tôt lors de son stage d'officier de police dans la préfecture de la Gironde.

Jacques Gradignan était blond, mince et mesurait près d'un mètre quatre-vingts.

Il avançait d'une démarche fluide et nonchalante, une main dans la poche de son pantalon, tenant de l'autre une imposante mallette. Il portait un blouson de cuir noir et souple sur un gilet en lin crème et une chemise blanche au col ouvert.

Il était accompagné du capitaine Jean Floirac, très différent d'apparence. Celui-ci était large d'épaules, pas très grand, châtain et son bouc, taillé avec soin, se nuançait d'un gris distingué. Sa veste et son pantalon peinaient à tout envelopper de sa personne. Il portait des dossiers sous le bras droit, son pas était celui d'un homme persuadé que les obstacles allaient s'écarter d'eux-mêmes devant lui et sa voix avait l'assurance des gens qui savent ce qu'ils veulent dans la vie. Tous les deux affichaient un sourire avenant.

Le courant passa immédiatement entre eux. Phil et Jacques ne purent s'empêcher de sourire à l'évocation de leurs souvenirs de stage et, sans perdre de temps, les cinq hommes s'isolèrent à l'étage dans la salle de réunion pour travailler sur leurs dossiers.

À tour de rôle, ils présentèrent, sans s'interrompre, leur affaire afin que chacun puisse noter les points qui l'interpellaient. Il n'y eut aucun doute : le mode opératoire de base était bien le même. Celle qui s'appelait Fatou Diop à Quimper était bien Seynabou Gaye à Bordeaux. Ils se demandèrent alors qui était qui, dans toute cette affaire.

Ils dégagèrent un premier axe de travail de toute urgence. Il consistait à demander à leurs homologues du Sénégal de vérifier auprès des parents et de l'entourage, si la photo en pied de la jeune femme correspondait bien au profil des victimes.

Il fallait absolument reconstituer la filière ou le chemin conduisant de leur domicile, que ce soit de Saint-Louis ou de Taiba, jusqu'à Paris et ensuite à Bordeaux et Quimper. En reconstituant le lien, ils pourraient retrouver des personnes ayant été en contact avec les victimes et ayant sans doute trempé dans les meurtres.

L'autre aspect concernait l'authentification des victimes.

— Comment avez-vous procédé à Bordeaux ?

— Le mari l'ayant reconnue, il n'y avait pas lieu d'aller plus loin, l'autopsie s'est limitée aux constats habituels, sans recherche d'ADN, précisa le capitaine Jean Floirac. Et vous ?

— Nous avons fait comme vous, pour les mêmes raisons ! C'est complètement idiot, comme quoi, on devrait toujours demander des examens complémentaires, au moins nous aurions eu les éléments au dossier. Pour faire trois sous d'économie dans les budgets, nous passons à côté de l'essentiel et cela nous a fait perdre beaucoup de temps et donc d'argent !

— Ils vous font la guerre aussi, sur les frais de toutes sortes ? Statistiques obligent ! ironisa Jacques Gradignan. Par contre, le problème pour nous, c'est que l'affaire a été classée.

— Pour nous, ce sera plus simple, nous disposons encore du corps à l'IML et nous allons demander au légiste de procéder aux examens, puis de se rendre à l'appartement de Jacques Kérity. Il y trouvera bien des cheveux ou autres traces qui permettront de confirmer si la victime est bien la personne qui a vécu dans l'appartement avec Jacques Kérity.

— Mais, pourtant son mari l'a reconnue à l'IML, rajouta Joël Le Traon.

— Oui, mais c'était sans doute comme pour nous, précisa aussitôt Jacques Gradignan. Il faut bien comprendre la situation : l'homme est sous le choc, on lui présente une grande femme noire ayant séjourné dans l'eau après avoir été assassinée et dont les traits du visage ont été détruits. Cet homme est totalement conditionné, pour lui c'est « probable » que ce soit bien elle. Et personne n'imagine que ce n'est pas elle, ce qui induit son constat.

— Peut-être. Mais tout de même, nous étions tous les trois autour de Jacques Kérity. Il n'y avait pas la moindre ombre d'un doute : sa blessure à la main, ses bijoux, ses vêtements... enfin tout quoi ! insista Joël.

— Justement, tout y est, du grand art !

Ils en discutèrent encore entre eux. Mais, dans cette affaire, tout devenait désormais suspect, il ne fallait plus rien négliger mais tout vérifier en reprenant chaque point, l'un après l'autre.

Le don d'ubiquité n'existant pas, il fallait tirer les éléments au clair.

Phil précisa à Joël un peu sur le ton de la plaisanterie :

— En tant qu'officier de police judiciaire fraîchement promu, tu dois toujours être prêt à réfléchir à l'envers. La cause se produit parfois après l'effet !

Ils en vinrent ensuite à l'homme, la victime de chaque affaire.

Le collègue bordelais commenta dans le détail sa situation :

— Pour nous, il n'y avait pas meurtre mais suicide. En effet, l'homme avait laissé un message sur son ordinateur indiquant qu'il mettait fin à ses jours car il n'avait pas supporté que sa femme le quitte et il précisait que c'était lui qui l'avait assassinée.

— Pourtant, la plupart des gens qui se suicident n'écrivent pas de lettre, ils sont moins de dix pour cent à le faire. Les autres se suppriment en laissant seulement des interrogations derrière eux...

— Oui, je sais. Pour en revenir à notre homme, au vu de ces éléments, le légiste s'est borné à l'autopsie mais sans approfondir le moindre examen. Il avait de l'eau dans les poumons, donc on a conclu à un décès par noyade au volant de sa voiture...

— Comment se comportait la famille à ce moment-là ?

— C'était la discrétion totale. Cette situation la déshonorait plutôt qu'autre chose, ce n'est que plus tard qu'elle a réagi. Récemment, les héritiers ont demandé d'exhumer le corps et de procéder à tous les examens d'usage en cas de suspicion de meurtre, nous attendons les résultats.

— Nous pouvons penser qu'ils seront sans doute similaires aux nôtres, c'est-à-dire, somnifères avant, précipitation à l'eau. Mais je reviens à la déclaration d'intention de votre homme, rien ne prouve que ce soit lui qui ait rédigé le texte...

— Non, bien sûr. Aujourd'hui, avec du recul et les informations que nous détenons, il est facile de le dire ou de le penser. Il faut se rappeler que, dans le contexte, tout paraissait crédible. De plus, cet homme avait été mis sur « le gril » par nos collègues pour vérifier s'il n'était pas le meurtrier de sa femme. Rien ne venait prouver qu'il en soit l'auteur, même si de fortes présomptions pouvaient peser sur lui, comme habituellement en pareille circonstance. Il avait donc été relâché à la fin de sa garde à vue. Le pire c'est que par la suite, son suicide n'avait choqué personne non plus, et pour cause ! Pour tout le monde, l'affaire était à « classer » tout simplement. Elle connaissait une issue logique.

À son tour, Phil commenta le cas de Jacques Kérity en précisant ce qui avait initié l'enquête : le SMS, les tentatives de diversion par la sangle et la seringue… La stratégie différait un peu, mais cela signifiait simplement que le ou les meurtriers s'étaient adaptés à l'environnement de chaque homme, leur finalité étant toujours de tenter de diriger les recherches dans une autre direction afin de se mettre à l'abri.

Un appel téléphonique dérangea Joël Le Traon qui écouta son interlocuteur ; d'abord tendu, il parut ensuite soulagé car il souriait en raccrochant. Tous les OPJ se tournèrent vers lui et attendirent qu'il s'exprimât.

— C'est bon, c'est fini !

Si Phil et François venaient de comprendre, les deux collègues bordelais se posaient bien des questions. Joël précisa :

— Le président du Comité national des pêches des marins en grève, leader du Comité de crise, vient d'annoncer qu'ils ont obtenu des accords satisfaisants et chiffrés. Il appelle à cesser le mouvement et à reprendre la mer.

— Ah oui, vous parlez de la grève des marins ? s'exclama Jacques Gradignan qui venait de comprendre. Nous avons suivi cela à la radio en venant, et alors, que va-t-il se passer à présent ?

— Le calme va revenir dans les ports et chacun va se déterminer en assemblée générale. On peut penser que, dans les jours à venir, les bateaux vont tous reprendre la mer. Cependant, avant d'appareiller, il faudra les avitailler et tout remettre en route, tout cela se fera sur plusieurs jours. Il est indispensable d'étaler les départs en fonction des retours afin que chacun s'y retrouve et que cela ne crée pas d'à-coups dans les tonnages débarqués, les cours, la commercialisation…

— Bien sûr. Nous avions aussi appris que le président en personne était venu sur le terrain…

— Oui, nous avons eu cet…

La porte de la petite salle de réunion venait de s'ouvrir, stoppant net Joël dans son commentaire. Le patron et le procureur venaient d'apparaître dans l'embrasure. Ce dernier avait tenu à s'informer précisément des deux dossiers. Phil et Jacques Gradignan reprirent, de façon claire et détaillée, tous les éléments de chaque affaire. Puis ils présentèrent leurs requêtes de recherches et d'examens afin d'éclaircir certaines zones d'ombre.

Le procureur donna son accord pour lancer ces investigations au Sénégal comme en France. Il avait apprécié la clarté des exposés et félicita les OPJ pour leur travail avant de quitter la salle, se montrant confiant quant à l'issue, désormais, imminente de cette affaire.

Il fut décidé que les OPJ de Bordeaux resteraient à Quimper au moins jusqu'à la fin de la semaine. Jusque très tard dans la nuit, ils passèrent au crible les éléments en leur possession, discutèrent, évaluèrent, discutèrent encore, retournant différents détails dans tous les sens, envisageant diverses interprétations, pour s'accorder, enfin, sur de possibles recoupements. Chaque contradiction relevée devait être considérée comme un point de départ constructif et non un prétexte à jugements hâtifs, ceci afin d'éviter une conclusion erronée, toujours préjudiciable à la suite d'une enquête.

*

Jeudi 8 novembre 2007.

Très tôt le matin, ils se retrouvèrent tous les cinq, un gobelet de café à la main, dans la petite salle de réunion qu'ils avaient squattée afin d'être plus à l'aise pour étaler leurs dossiers.

Ils discutaient de l'actualité locale. Tous les journaux annonçaient la fin de la grève des marins. Les bateaux allaient repartir et les aides arriver, sans doute avant la fin de l'année, car il était annoncé que les modalités seraient instituées et appuyées par des mesures législatives très proches.

Puis ils se remettaient à leurs dossiers au moment où le patron se présenta à la porte.

— Tenez, je viens de recevoir des mails du Sénégal. Nos collègues sont formels, les deux photos en pied de celle qui se faisait appeler Fatou Diop à Quimper et Seynabou Gaye à Bordeaux ne correspondent pas du tout aux deux réelles victimes. Nos collègues sénégalais nous ont d'ailleurs adressé une photo de chacune qui se rapproche effectivement davantage de la photo d'identité que nous possédions pour chaque dossier. Ils lancent donc sur tout le Sénégal un avis de recherche à partir de la photo de la jeune femme qui a utilisé l'identité de Fatou Diop et de Seynabou Gaye.

— Ce qui voudrait dire que Fatou Diop, heueu… plutôt celle qui a utilisé cette identité serait toujours vivante ? demanda Joël.

— On peut le penser. L'astuce de cette ignoble affaire a été d'avoir su exploiter deux jeunes femmes dont les mensurations étaient proches de celle de l'usurpatrice d'où la nécessité de détruire le visage à chaque fois ! Ces deux jeunes femmes, réelles victimes, auraient été recrutées par un cabinet dirigé par deux hommes qui posséderaient une société à Paris et un bureau à Dakar. Bien sûr, ces derniers sont activement recherchés sur Dakar. Dès que nos collègues auront leur identité et leur photo, ils nous informeront afin que nous puissions lancer aussi un mandat d'arrêt en France, et à Paris en particulier, à l'encontre de ces deux hommes et de la femme usurpatrice d'identité. Nous devons coincer ces prédateurs !

— Cette affaire est complètement incroyable ! Mais dans quel monde vivons-nous ? ne put s'empêcher de souffler Joël dont la première grande enquête portant sur un meurtre se présentait sous un jour hors du commun.

— Je crois, Joël, que vous allez en apprendre beaucoup, en peu de temps, dans vos toutes nouvelles fonctions d'OPJ! lui répondit le patron en riant, déclenchant un sourire communicatif dans le groupe. Nous attendons les résultats d'ADN. Les demandes passent en priorité absolue, nous devrions les recevoir par mail dans la journée, heureusement que l'informatique nous permet de supprimer les distances et nous fournit instantanément les réponses à nos questions! Je vous laisse travailler, bon courage et à plus tard!

Joël Le Traon n'en revenait toujours pas. Cette situation le choquait, il ne cessait de penser à son compatriote du Guil, Jacques Kérity.

— Ainsi, Jacques pleurait une femme qui n'était même pas la sienne! Cet homme l'a révérée, voire vénérée, alors qu'il avait affaire à une usurpatrice!

— A priori, on pourrait penser que, d'après l'état civil, c'était bien sa femme qui se trouvait à l'IML, mais que ce n'était pas celle qu'il croyait, tout au moins celle avec laquelle il avait vécu et qu'il avait aimée! Puisque celle-ci avait emprunté l'identité de Fatou Diop et l'avait utilisée pour se marier administrativement avec Jacques Kérity! Mais c'est bien cette dernière qui a été assassinée!

— Nous pouvons penser que nous sommes dans le même type de scénario à Bordeaux, ajoutèrent les deux autres collègues. C'est terrible, comme dans bien des cas, nous nous apercevons que le mal est un art raffiné. Comme un bonsaï, sculpté à la perfection par une intelligence qui donne un coup de ciseau par ci, pose des ligatures par là… cela doit se passer ainsi dans l'esprit tortueux de bon nombre de meurtriers.

— Sauf que pour eux, renchérit Phil, le monde c'est comme Las Vegas: vous pouvez sortir une fois gagnant de la table de jeu mais, si vous y retournez et que vous relancez les dés une fois de trop, la réalité de la situation vous remet à votre place, vous dépouille de votre portefeuille et de tout espoir d'avenir et le plus souvent, des deux. Ces deux types et cette femme ont lancé les dés une fois de trop…

Ils mirent en parallèle chaque élément des deux dossiers. Ils en arrivèrent à la Mercedes noire, haut de gamme, aperçue au Guilvinec-Léchiagat, mais, dont il n'était nullement question à Bordeaux. Logique, puisque, là-bas la stratégie était l'assassinat de la jeune femme suivi du suicide de son supposé meurtrier. Il n'y avait pas eu, non plus, pour cette raison, de réelle enquête de voisinage. D'autre part, l'animation de Bègles ou du port autonome de Bordeaux étant plus importante que celle du port du Guilvinec, même si cette voiture s'y était trouvée, elle avait dû passer inaperçue. Les cinq OPJ continuaient à se creuser la tête pour tenter d'élucider ces deux affaires.

Quelques heures plus tard, la brigade financière confirmait que les fonds de Bordeaux avaient pris le même chemin que ceux de Quimper, vers des comptes numérotés au Luxembourg, puis en direction d'un paradis fiscal, Kiribati en l'occurrence, et là, les suivis devenaient plus difficiles car ces paradis restent soucieux de préserver leur confidentialité d'où la nécessité de lancer des procédures lourdes pour tenter d'extorquer une information quelconque. Ce ne seraient plus des paradis fiscaux si toutes les polices du monde y accédaient aussi facilement ! Une commission rogatoire internationale avait été diligentée par le juge d'instruction. Néanmoins, une fuite partielle d'un agent d'une banque, à la solde de la police, aurait laissé entendre qu'une partie des fonds repartait de Kiribati pour le Sénégal, à Dakar, par le biais de sociétés-écrans, pour y être investie… Mais l'agent n'avait pas plus d'informations.

Heureusement que la plupart des polices du monde disposent d'agents infiltrés dans ces établissements financiers pour savoir, au moins partiellement, ce qui s'y passe et renseigner ponctuellement les autorités des pays concernés…

En fin de journée, ils apprirent que l'ADN de la victime de Quimper ne correspondait pas aux résultats des prélèvements effectués dans l'appartement de Jacques Kérity, aucune surprise… les OPJ s'en doutaient. Par contre, les empreintes digitales et l'ADN de la jeune femme qui vivait avec Jacques Kérity, ne figuraient pas dans les fichiers respectifs de la police, cette personne n'avait donc aucun antécédent, tout au moins en France. Ces informations furent transmises au Sénégal. À défaut d'ADN, les empreintes digitales permettraient peut-être de découvrir son identité. À Bordeaux, cette opération de prélèvement s'avéra impossible à effectuer, la famille ayant totalement vidé et nettoyé l'appartement de fond en comble, puis mis le bien en vente, ce qui rendait impossible les analyses et la vérification que la jeune femme de Quimper était aussi celle de Bordeaux…

Phil continuait à appeler son épouse, Gwen, toutes les deux heures pour s'assurer qu'elle allait bien, le jour de la naissance approchait…

L'affaire devenait haletante pour les cinq OPJ. Même si le puzzle de cette enquête restait incomplet, certaines pièces avaient été rapprochées et il devenait désormais possible de commencer à en entrevoir la résolution.

*

Vendredi 9 novembre 2007.

Chaque matin, désormais, François s'attendait à ne pas voir Phil à ses côtés. Aujourd'hui, il était encore bien là, la petite attendait encore un peu avant d'apparaître. Ce fut le premier sujet abordé au café.

La grève des marins n'occupait plus le devant de la scène, d'ailleurs tous les ports avaient approuvé la reprise du travail. De nombreux problèmes techniques restaient à surmonter en ce qui concernait l'attribution des aides et les mécanismes financiers à mettre en place, mais chacun espérait que ceux-ci finissent par être résolus.

Plusieurs feuillets en main, le patron déboula dans la salle où s'étaient installés les cinq OPJ.

— Nous avons du nouveau ! Cette fois, on peut sonner l'hallali, la bête ne va pas tarder à tomber ! Les collègues du Sénégal ont remarquablement bossé ! Par le biais d'un des frères de l'une des deux jeunes femmes, ils ont réussi à découvrir le nom des deux hommes, voici leur identité : Babacar N'Diaye et Magueye Fall. Ce sont deux cousins. Ils dirigent une petite société d'import-export d'articles sénégalais dont le siège est à Paris et qui dispose d'un bureau à Dakar. Notre informateur avait demandé aussi à travailler pour eux, mais il avait été rejeté comme un malpropre, ce qui l'avait toujours étonné. Ces deux types lui ont dès lors paru plutôt louches. C'est dans ce bureau de Dakar qu'ils recrutaient des jeunes femmes pour leur proposer de venir travailler dans leur société à Paris, semble-t-il.

— Mais alors, qui faisait quoi? s'interrogea Jacques Gradignan.

— En fait, le cerveau de cette combine est une femme, la sœur de Babacar. Elle s'appelle Moussa N'Diaye et il se pourrait bien que ce soit elle qui jouait le rôle d'épouse disons… « physique », que ce soit à Bordeaux ou à Quimper. Au départ, les comparses vivaient tous les trois à Dakar et maintenant, essentiellement, à Paris.

— Nos collègues ont-ils réussi à les « loger » à Dakar? demanda Jacques Gradignan.

— Le local oui, ce n'est qu'un studio apparemment. Mais il n'y avait personne. Un mandat d'arrêt international a été lancé et on devrait rapidement les localiser sur Paris car la police sénégalaise a saisi dans ce logement, des téléphones, ordinateurs, papiers et autres. Il faut leur donner le temps de les exploiter afin de déterminer les bonnes coordonnées et d'éviter ainsi de regrettables erreurs.

— Parfait, dès qu'ils seront repérés à Paris, il n'y aura plus qu'à procéder comme au bord de la Garonne, s'installer dans notre cabane de pêcheur et descendre le carrelet pour récupérer tout ce beau monde dans le filet! lança Jacques Gradignan.

— Non, non, ironisa Joël, le carrelet c'est pour le menu poisson, ici c'est au chalut que nous pêchons! Nous allons les happer dans la poche et il n'y aura plus qu'à remonter le tout et la vider sur le pont du bateau!

Devant ces considérations halieutiques, le patron partit d'un franc rire, quitta la salle et regagna son bureau.

Après cette dernière révélation, ils restèrent quelques instants silencieux, sans savoir ce qu'ils éprouvaient véritablement : joie, colère ?

Une chose était sûre, leur détermination était farouche. Ils étaient impatients de rencontrer les individus qui se cachaient dans l'ombre de toute cette affaire.

Ils se remirent au travail et épluchèrent une nouvelle fois tous les éléments en leur possession : y avait-il des précisions à vérifier ici ou là, des examens complémentaires à solliciter ? Ils se rappelèrent la fameuse Mercedes noire et lancèrent une recherche pour voir si elle n'appartenait pas à l'un des trois personnages dont on possédait enfin l'identité.

D'un contact chaleureux, doublé d'un solide sens de l'humour et d'un grand professionnalisme, les deux équipes s'entendaient à merveille. Le binôme bordelais semblait plein de ressources et rivalisait avec les plus teigneux qu'ils eussent connus à Quimper.

Un peu plus tard, le patron leur transmit le nom de la société française, retrouvée à partir des documents saisis à Dakar. La société s'intitulait *SARL Sénégal Impex*, sans doute pour « import-export » et le siège se situait dans le VIIIe arrondissement de Paris : la gérante était Moussa N'Diaye. Cette société facturait aux autres sociétés-écrans qui avaient été constituées au Luxembourg, Kirati et Dakar et justifiaient ainsi les transferts de capitaux. Ils purent lancer aussi la demande de renseignements concernant la Mercedes, dans l'éventualité où celle-ci eût été déclarée au nom de la société. La police parisienne était missionnée pour procéder au repérage des lieux et à l'arrestation des personnages si ceux-ci essayaient de s'enfuir. Par contre, si ces derniers se trouvaient à leur domicile, il suffisait de rester en surveillance et de n'intervenir que le lendemain matin à l'heure légale.

Tout en ne disposant encore de rien de concret, chacun sentait bien que les choses avançaient néanmoins très rapidement.

Vu l'heure tardive, Phil appela une nouvelle fois son épouse, Gwen, qui le rassura : rien de neuf encore pour l'instant. Jacques Gradignan se rapprocha de lui :

— Je te sens inquiet en permanence pour ton épouse, tu crains des complications pour son accouchement ?

— Non. Mais tu comprends, pour rien au monde je ne voudrais manquer la naissance de mon premier enfant.

Chacun mesura le trouble qui venait de s'installer. François et Jean Floirac, pour casser cette tension, préconisèrent d'aller prendre un pot tous ensemble sur les quais avant de se séparer.

Cette proposition fut acceptée à l'unanimité et déclencha, instantanément, la bonne humeur dans le groupe.

Ils marchaient le long de l'Odet, s'exprimant vivement avec force gestes, un peu comme des étudiants en sortie, pour se rendre au bar que François affectionnait particulièrement, situé un peu plus en bas, en aval sur la rive droite. Les Bordelais ne purent s'empêcher d'évoquer leur ville et les quais de la Garonne entièrement rénovés, qui offraient désormais des lieux de promenade dominicale agréables et des activités et commerces de toutes sortes. Ils vantèrent la réhabilitation de la fameuse place de la Bourse, illuminée la nuit, qui présentait désormais un spectacle grandiose à partir de l'autre rive.

Un soir en technicolor descendait sur Quimper. En passant sous le plafond des nuages bas, le soleil avait fait brutalement irruption au-dessus de la ville et du cours d'eau, l'inondant de ses derniers rayons. La sérénité du lieu et de l'instant était si prégnante que, durant quelques instants, ils en oublièrent tout de leurs ennuis et leur quotidien.

9

Samedi 10 novembre 2007.

Cinq heures douze ! Clémence découvrait sa nouvelle vie ! Avec ses cinquante-trois centimètres et ses trois kilos quatre cent quarante-cinq, elle paraissait prête à affronter le monde qui l'attendait. Vers six heures trente, Phil appela François, car il savait que c'était l'heure à laquelle il se levait, pour lui annoncer officiellement cette naissance, rajoutant :

— La maman et la petite fille se portent bien !

François arriva rayonnant de bonheur au bureau, informant chaque personne qu'il rencontrait sur son passage. On eût dit qu'il en était le grand-père, tellement il évoquait cet heureux événement avec entrain et fierté. D'ailleurs, un collègue lui en fit la remarque et il lui répondit aussitôt :

— À force de vivre au quotidien avec Phil, il est un peu mon fils, finalement !

Cette information dignement commentée autour

du café, les quatre OPJ se remirent au travail. Le patron avait déposé sur le bureau de François le résultat de la démarche effectuée se rapportant à la fameuse Mercedes noire. La carte grise portait le nom de Babacar N'Diaye, le frère de Moussa et il était confirmé que le siège de la SARL et le lieu de résidence du trio se trouvaient à la même adresse, dans le VIIIe arrondissement de Paris. Il était, dès lors, possible d'envisager que la police ait déjà pu procéder aux arrestations... Il ne restait qu'à attendre des nouvelles de leurs collègues parisiens.

Moins d'une heure plus tard, le patron débarqua dans la salle de réunion pour annoncer que les trois individus avaient été arrêtés en douceur. La police technique et scientifique « récoltait » tout ce qui était susceptible d'intéresser l'enquête : documents, ordinateur, téléphones portables et objets divers, tels que seringues, somnifères et deux armes de poing... bref, presque tout ce que contenait le logement !

Le trio prendrait le prochain avion en direction de l'aéroport de Quimper Cornouaille, menotté et encadré par des OPJ.

Par cette belle matinée, les voitures attendaient sur le tarmac de l'aéroport, au pied de l'appareil qui venait de s'immobiliser.

Le soleil était pâle mais brillant et une agréable brise soufflait de l'ouest. Moussa N'Diaye, ex Fatou Diop, fut la première à apparaître dans l'encadrement de la porte de l'avion. Malgré sa situation particulière, elle n'avait rien perdu de son allure ni de son élégance et elle descendit les marches comme elle l'aurait fait à Cannes ! Elle arborait cet air particulier, fait d'arrogance et de candeur mêlées, un peu hautain, sa silhouette de sylphide lui conférait un réel pouvoir de séduction.

À quelques mètres, suivaient deux hommes, noirs également : son frère, Babacar, un mètre quatre-vingt-cinq à un mètre quatre-vingt-dix, mince, le regard farouche, portant avec élégance un costume bleu marine à fines rayures et une chemise blanche à col ouvert, son visage était mobile sous un front un peu dégarni.

Juste derrière, Magaye Fall, le cousin. Nettement plus petit, trapu, tête baissée, visage rond, regard tourné vers le sol, l'allure sévère, il donnait l'impression d'un homme chafouin. On les sentait méfiants et porteurs d'une dangerosité bien réelle. Ils furent dirigés immédiatement vers les véhicules qui prirent aussitôt la direction du commissariat de police, toutes sirènes hurlantes.

Tout au long du parcours, les deux hommes baissaient la tête, regardant leurs chaussures ou le plancher du véhicule ; Moussa N'Diaye, elle, ne pouvait s'empêcher de regarder vers l'extérieur, cette ville qu'elle avait bien connue et où elle aurait pu vivre heureuse. Des milliers d'images devaient certainement défiler dans sa tête. À quoi pensait-elle réellement ? se demandait François.

Au début de l'enquête, François se souvenait avoir dit qu'il aurait aimé faire la connaissance de celle qu'il appelait encore Fatou, tellement Guy Trémeur en avait bien parlé ; contre toute attente, cela devenait chose faite à présent !

Au commissariat, les trois personnes furent séparées. François et Jacques Gradignan prirent en charge Moussa N'Diaye : tout semblait tourner autour d'elle.

Jean Floirac et un OPJ de Quimper s'occupèrent de son frère ; Joël Le Traon et un autre OPJ, du cousin.

Moussa N'Diaye ne disait rien. Immobile. Son beau visage figé, buté comme celui d'une gosse. Elle était vêtue de noir, pantalon bien taillé et veste ouverte sur un chemisier blanc. François trouva qu'elle avait une tête d'Égyptienne ou de déesse africaine, de ces magnifiques visages structurés et sombres que l'on n'oublie jamais. La seule chose qu'il pouvait affirmer, c'est qu'une lumière irradiait son visage et nul doute qu'une fois entré dans cette lumière, on n'avait plus envie d'en sortir.

Il la trouvait étonnante, pas le moins du monde affectée par sa situation. Son regard avait une douceur peu commune. François imaginait mal qu'une telle femme puisse être à l'origine de tous ces meurtres, il la considérait, pour l'instant encore, comme une victime des deux hommes. Il n'avait pas encore entendu le son de sa voix et se montrait impatient de l'interroger. Il comprenait que Jacques Kérity en soit tombé amoureux. Elle avait des mains et un corps volés à une des plus belles statues de Rodin. Il se disait que, simplement par son physique, elle pouvait émouvoir.

Elle étira ses jambes et masqua difficilement un bâillement qui fit saillir ses seins sous le tissu blanc de son chemisier.

Si François avait pris le temps de la regarder, Jacques Gradignan s'activait à lancer son micro-ordinateur portable pour enregistrer l'interrogatoire. Il lui demanda son identité :

— Moussa N'Diaye, trente-quatre ans, née à Dakar…

Un agent en tenue frappa et se présenta aussitôt à la porte du bureau. Il apportait justement le passeport de celle-ci qui avait été récupéré dans l'appartement le matin même.

François ne pouvait s'empêcher de penser à Jacques Kérity. Comment aurait-il réagi, s'il avait été là ? Comment aurait-il pu accepter de revoir cette femme qu'il avait aimée à la folie après l'avoir autant pleurée ensuite ? Cette situation présentait un caractère irréel auquel il n'avait jamais été confronté. Il regrettait que Phil ne soit pas là pour découvrir ce qu'il allait certainement apprendre dans les minutes suivantes.

L'état civil évacué, ils en arrivèrent au vif du sujet. François se leva pour l'interroger. La situation était tellement complexe qu'il ne savait pas très bien par quel point commencer.

— Vous n'ignorez pas que vous êtes ici parce que vous êtes impliquée dans, au moins, deux affaires de meurtre sur le territoire national et pour lesquelles vous allez devoir vous expliquer.

Elle tenta de paraître surprise et feignit de ne pas comprendre en faisant de son mieux pour afficher une authentique sincérité. Mais il y avait du mépris dans son attitude et, dans ses yeux, de la colère mêlée à de la confusion.

Jacques Gradignan s'énerva aussitôt et se présenta. Il évoqua, en quelques mots, l'affaire de Bordeaux qui légitimait sa présence et précisa qu'elle aurait à se justifier, de la même manière, sur celles de Quimper et du Guilvinec.

— Alors, s'il vous plaît, ne jouez pas à la femme « surprise par les questions » car vous avez intérêt à parler et à vous expliquer, sinon vous risquez fort de prendre de la prison pour le restant de vos jours ! Suis-je clair ? précisa-t-il sur un ton faussement courtois mais volontiers persifleur.

Jacques jaugeait son expression et, plus encore, la manière souvent maladroite dont elle tentait de masquer ses émotions.

Soit elle en était totalement dépourvue, ce qui ne cadrait pas avec l'idée qu'il se faisait d'elle, soit elle méritait un prix d'interprétation féminine pour son absolue maîtrise d'une situation proprement abracadabrante et paniquante.

Sans répondre, elle arbora une grimace en guise de sourire, comme venue de l'enfer, et un regard aussi menaçant qu'un pistolet. En l'observant dans les yeux, François y vit très distinctement cette pulsion de meurtre, une pulsion déterminée et violente qu'il analysa comme de la haine à l'état pur, il comprit alors la force extrême, fanatique, qu'elle pouvait receler et qui annula sa première impression et son premier sentiment à son égard. En réalité, il découvrait déjà que, sous une apparence de top-modèle légère, presque frivole, se cachait une femme diabolique, à l'esprit machiavélique. Pour lui, ceci ne faisait désormais plus aucun doute.

Elle resta immobile. Puis ses yeux s'adoucirent. Bouche entrouverte, elle fixa François du regard, imaginant qu'elle pouvait peut-être bénéficier de compréhension, à défaut d'indulgence, de son côté plus que de l'autre : Jacques Gradignan s'était montré tellement ferme, voire cassant, à l'instant.

— Vous avez rencontré Jacques Kérity par l'intermédiaire d'un serveur de rencontres sur Internet, est-ce bien cela ? reprit calmement François.

Elle approuva de la tête sans prononcer le moindre mot.

— Répondez par oui ou par non à ma question, s'il vous plaît.

— Oui.

— Vous n'effectuiez cette démarche que dans le simple but de rechercher un homme qui puisse vous procurer de l'argent, visiblement, n'est-ce pas ?

— Non… Je cherchais un homme avec qui me marier et vivre en France, loin de l'Afrique et de ses problèmes, voilà ce que je recherchais… précisa-t-elle.

Sa voix était presque réduite à un souffle inaudible. Son cerveau devait fonctionner à toute vitesse comme le disque dur d'un ordinateur, elle semblait chercher ses mots.

— Comment pouvez-vous prétendre une chose pareille après tous ces drames que vous avez provoqués ! réagit François en durcissant sa voix.

— Ce n'est pas de ma faute !

— Ah ? Qui porte la faute alors ?

— C'est mon frère et mon cousin, Babacar et Magueye, qui ont tout manigancé et m'ont impliquée.

— Vous allez nous expliquer tout ça dans le détail. Il est clair pour vous, j'imagine, que votre degré d'implication dans les meurtres déterminera votre peine, lorsque vous vous retrouverez devant la justice. Nous vous écoutons !

— Au départ, nous avions décidé de créer une société à Paris dont l'activité consistait à importer de la marchandise du Sénégal et à en exporter aussi de la France vers notre pays.

— Jusque-là, l'objet est tout à fait louable, continuez !

— L'activité commençait petitement et, à Paris, tout est cher. Nous avons compris rapidement que, si une telle activité pouvait nous faire vivre correctement à Dakar, ce ne serait pas le cas en France. Il s'avère que c'est à ce moment-là qu'une cousine éloignée de Magueye qui vivait à Dakar, a hérité d'un important commerçant français, décédé brutalement d'un infarctus, la propulsant riche à millions, d'un seul coup. Alors, Magueye et mon frère se sont dit que ce serait bien si je pouvais aussi rencontrer un homme riche en France. Et c'est dans cet objectif qu'ils se sont mis sur le serveur de rencontres en m'utilisant comme appât…

— Et vous ne pouviez pas trouver une activité plus honnête ?

— À ce moment-là, c'était ça ou le trottoir pour que nous puissions nous en sortir et pas question de revenir en arrière, à Dakar.

— Et pourquoi « pas question de revenir à Dakar » ?

— Parce que mon frère et son cousin avaient commis pas mal de bêtises là-bas et moi, pour d'autres raisons, je voulais vivre et réussir ma vie en France. J'avais suivi une formation de comptabilité en venant à Paris pour gérer notre petite société, mais, même avec mon physique, il n'est pas facile de trouver un emploi dans les bureaux, comme je l'aurais souhaité, je reste une Noire…

— Aviez-vous recherché un emploi quelconque, au moins, quelle que soit la qualification demandée ?

— Oui. Sans succès.

— Continuez !

— Mon cousin et mon frère ont obtenu un certain nombre de contacts sans grand intérêt. Puis, un jour, s'est présenté « le cas de Bordeaux ». Je ne voulais pas !

— Pourtant vous étiez consentante, car rien ne vous y obligeait !

— C'est-à-dire qu'ils m'ont assuré que ça ne durerait que quelques mois, que je pouvais bien faire un effort pour me remplir les poches rapidement.

— Et pourquoi « que quelques mois » ?

— À ce moment-là, j'ignorais encore de quelle manière ils allaient procéder. Ils m'ont dit qu'il ne fallait pas que je m'inquiète, qu'ils s'occupaient de tout.

— J'ai donc rencontré l'homme de Bordeaux et je l'ai séduit sans difficulté, il est tombé amoureux fou de moi. Les choses se passaient bien, je ne pouvais espérer une meilleure rencontre… Il était délicat, attentionné, pudique et cultivé. Ce que je ne savais pas, c'est qu'avant cela, mon cousin et mon frère avaient lancé sur le Sénégal, à partir de notre bureau de Dakar, une recherche de jeune femme ayant à peu près les mêmes mensurations que moi. Beaucoup de Sénégalaises sont grandes comme moi. Ils n'ont éprouvé aucune difficulté à recruter une jeune femme me ressemblant.

— Eh bien, ils ne manquaient pas de suite dans les idées ! Continuez !

— Elle devait simplement pouvoir porter « mes bijoux » et « ma tenue », le moment venu, et surtout leur confier ses papiers d'identité afin de préparer son dossier pour la France. Tout le reste n'avait aucune importance.

— Et quel était l'objet du recrutement indiqué aux jeunes femmes ?

— Chargée d'affaires import-export et, si tout marchait bien, futur mannequin pour les sociétés de mode et les plus grands magazines français. Bien entendu, les candidates se sont bousculées. Dès le premier recrutement, j'ai aussitôt utilisé son identité. J'ai récupéré rapidement de l'argent auprès de celui qui était devenu mon mari à Bordeaux, que je donnais à mon frère et à mon cousin afin qu'ils mettent tout en place pour asseoir notre société et notre situation. Ils ont donc fait venir cette première jeune femme à Paris, lui ont donné un peu d'argent, comme si elle était payée par la société, et l'ont préparée à prendre ma place, en passant chez le coiffeur notamment afin de lisser ses cheveux…

— Ne nous faites pas croire que vous ignoriez tout de ce qui se préparait !

— Si… Enfin, je m'en doutais un peu…

— Vous le saviez ou vous ne le saviez pas ?

— Je le savais, mais je n'étais pas d'accord ! C'est mon cousin…

— Rien ne pouvait se réaliser sans vous ! Vous étiez dans la place et vous connaissiez parfaitement ce qui allait suivre, non ?

Elle ne répondit pas. Pour la première fois, elle baissa la tête et porta ses deux mains à son visage. Les choses se compliquaient sérieusement pour elle… Elle devait certainement évaluer ce qu'elle devait dire et ce qu'elle devait cacher pour limiter les conséquences de ses actes. François la sentait écartelée entre le risque de porter toute la responsabilité et le désir effréné de reporter le maximum sur ses deux comparses… Puis, les yeux fermés, elle présenta un visage éploré, des larmes sourdaient à ses paupières closes. Elle revivait tous les souvenirs des jours passés, puisant à la source empoisonnée mais intarissable de sa mémoire. Elle poursuivit, le regard éteint, d'une voix atone :

— En fait, tout s'est passé très vite. Je suis repartie une fois, seule, à Paris pour dire que je ne voulais pas, qu'il fallait attendre, voir plus tard… Mais mon cousin s'est montré intransigeant, c'était dans les jours à venir ou jamais. Il m'a fait part de son scénario qui consistait à récupérer mes vêtements, ceux que mon mari connaissait le mieux ainsi que mes bijoux, ceci afin de les faire porter à cette première recrue. Aussitôt, mon frère et mon cousin, accompagnés de celle-ci se sont rendus à Bordeaux afin de l'exécuter… Oh, mon Dieu, quand j'y pense, c'est horrible !

— Parce que vous avez assisté au meurtre ?

— Non. Je devais signifier à mon époux que je le quittais, puis rester à Bordeaux dans une chambre d'hôtel. Dans le même temps, la jeune femme a été exécutée et son corps, découvert par la police. Dès lors, mon époux a été soupçonné et retenu pour interrogatoire.

— C'est horrible ! lança Jacques Gradignan. Et après ?

— À sa sortie et à son retour à l'appartement, mon frère et mon cousin l'attendaient. Ils l'ont prié de prendre sa voiture, sous la menace d'une arme, y sont montés également et l'ont guidé jusqu'au port. Arrivés sur place, mon cousin, qui se tenait derrière lui, l'a bloqué contre son siège, tandis que mon frère lui injectait un puissant somnifère. Une fois endormi à son volant, ils ont poussé la voiture dans le port de Bordeaux. Pendant ce temps-là, je me suis rendue dans l'appartement pour enregistrer un message sur son ordinateur précisant qu'il se suicidait après avoir assassiné son épouse. Puis j'ai pris la Mercedes pour aller chercher mon frère et mon cousin et nous sommes rentrés à Paris…

François et Jacques étaient abasourdis par le récit qu'elle venait de dérouler comme une leçon bien apprise. Puis, elle poursuivit :

— Dès lors, nous avions de l'argent. Je souhaitais retourner à Dakar pour m'y installer et faire des affaires, mais ils n'ont pas voulu. Ils m'ont imposé une nouvelle fois le même manège, adoptant le principe qui avait si bien marché à Bordeaux. Le hasard des centres de rencontres nous a fait aller à Quimper, cette fois…

— Je pense à une chose, montrez-moi vos mains ?

Elle parut surprise et obtempéra sans comprendre. Aucune trace de blessure n'y figurait.

— À ce que je vois, vous aviez affiné votre stratagème !

— Je ne comprends pas…

— Vous avez poussé le vice jusqu'à « préparer votre mari » en simulant une blessure au couteau à la main, afin de crédibiliser encore plus le subterfuge, c'est ça ?

— C'est encore une idée de mon cousin. Un de ses amis lui avait dit qu'il fallait faire attention aux prélèvements d'ADN sur la personne et, pour éviter ce risque, il fallait donner une preuve « sans équivoque » à celui qui viendrait reconnaître le corps, pour l'aider à l'identifier : comme une blessure, une cicatrice, bref un signe particulier que la police ne discuterait pas devant le mari…

— Vous êtes de monstrueux personnages !

— Mais, je-vous-le-répète-je-n'y-suis-pour-rience-n'est-pas-moi ! dit-elle en découpant sa phrase comme on découpe un poulet et rajoutant : vous me haïssez, n'est-ce pas ?

— Nous n'avons pas l'habitude de porter de jugement sur la moralité des suspects… Mais votre comportement, comme celui de vos associés, est particulièrement abject ! Et j'espère que vous allez payer très cher pour tout ce que vous avez fait ! Porter le vice jusqu'à créer un signe distinctif de reconnaissance, si ce n'est pas de la préméditation, je ne sais pas comment ça peut s'appeler !

Ils firent une pause pour tout relire. Jacques Gradignan, horrifié, intervint après la relecture :

— Vous séduisez un homme honnête, vous le faites supprimer et vous vous dégagez de la responsabilité du meurtre de celle qui a pris votre place ! Si ce n'est pas machiavélique ça, je ne sais pas ce que c'est ! Vous disparaissez, et tout cela pour de l'argent !

— J'ai mes raisons !

— Ah ? Et en plus vous avez des raisons ! Mais je rêve ! J'espère que vous allez croupir dans une de nos prisons pour le restant de vos jours et que vos codétenues vous feront une vie infernale jusqu'à ce que vous en creviez !

Jacques Gradignan se contrôlait difficilement face à une telle horreur qui le dépassait totalement.

François proposa de faire un arrêt de l'interrogatoire.

Jamais encore, ils n'avaient été confrontés à une situation aussi démoniaque.

Ils appelèrent deux hommes en tenue pour surveiller la suspecte pendant qu'ils allaient rendre compte au patron tout en prenant un café au passage. Ils savaient que les interrogatoires se dérouleraient très tard dans la nuit, et cela jusqu'à la fin de la garde à vue et de la mise en examen qui ne faisait désormais plus aucun doute.

Ils expliquèrent la situation au patron. Le procureur arriva au même moment, ce dernier proposa de se réunir quelques instants pour confronter les procès-verbaux des trois interrogatoires, faire venir un médecin pour examiner chaque suspect et leur remettre un casse-croûte et de l'eau, afin de respecter toutes les procédures de la garde à vue et ne pas se retrouver face à un vice de forme regrettable. C'était un homme pragmatique et rigoureux dans son travail.

Finalement, les trois duos d'OPJ, le patron et le procureur se retrouvèrent en salle de réunion pour débattre de la situation. Des sandwichs et quelques pizzas leur furent livrés afin de permettre à chacun de se restaurer.

François et Jacques commentèrent les premiers leur procès-verbal.

Au bout de quelques minutes seulement, les deux autres binômes éclatèrent de rire et Jean Floirac expliqua son hilarité :

— Chapeau la petite, ou plutôt la grande ! Elle ne doute de rien ! Inutile de vous préciser que notre version est diamétralement opposée. Pour les deux hommes, c'est elle qui est à l'origine de tout. Les deux types auraient bien fait quelques bêtises à Dakar et auraient un fichier, léger certes, mais tout de même: petites combines, voitures volées, ils ont un peu touché à la drogue aussi, dealers et consommateurs... Nous sommes en train de voir avec nos collègues sénégalais. Mais, c'est elle qui les a sortis de là. Elle aurait séduit ou payé des personnes bien placées pour les faire sortir. Dès lors, elle les tenait et a pris la direction des opérations. Sur son idée, ils sont venus en France et c'est elle qui a concocté le plan de sa substitution, des assassinats et tout et tout...

— Mais, elle est complètement dingue! rugit Jacques Gradignan.

— Oui, je le pense! Pour continuer, selon leur expression, elle avait décidé d'aller vite, de ne pas traîner, de profiter de l'énergie vengeresse qui l'animait. La déception et le dépit la minaient depuis trop longtemps, elle voulait faire payer les hommes et posséder de l'argent rapidement et abondamment et rien ne pouvait l'arrêter... Chacun sait que la fureur est un combustible inépuisable!

— La salope! cria Jacques Gradignan, dommage que la peine de mort n'existe plus! C'était là une bonne raison pour la mettre en application! Et vous en savez un peu plus sur ses origines?

— Oui. Ils viennent tous les trois d'un milieu ouvrier de Dakar. Elle aurait été violée par son père, alors qu'elle était encore adolescente et avait, à ce moment-là, décidé qu'elle ferait payer aux hommes son infortune, par tous les moyens, et qu'elle leur soutirerait un max! Voilà, en deux mots, ce que nous ont dit ces deux types qui la soutenaient, quoi qu'elle décidât. Elle s'est mariée à Dakar avec un Sénégalais qui dirigeait une belle affaire, elle l'a mis sur la paille, lui a soutiré tout son fric et a divorcé. Il se serait suicidé un peu plus tard…

— Lui aussi ? Du coup, il faudrait peut-être voir ?

— Ça se serait passé il y a une dizaine d'années. Après, elle aurait séduit un certain nombre d'hommes, mariés ou non, à qui elle piquait tout ce qu'elle pouvait. Puis elle se barrait… Inutile de préciser qu'elle n'a jamais travaillé !

— Elle ne les a pas fait tuer à chaque fois, j'espère ?

— Non. Il ne semblerait pas. Mais c'est une vraie mante religieuse ! Actuellement, elle serait plus ou moins liée avec un caïd des stups sur Dakar et c'est lui son mentor. C'est lui qui lui a tout appris : modalités du transfert de fric vers le Luxembourg, les paradis fiscaux et toutes sortes de combines pour retirer et faire fructifier de l'argent.

— Ah, il fallait bien qu'il y ait un cerveau quelque part pour la former !

— Tout à fait ! Nous pensons que c'est lui qui a dû lui donner l'argent nécessaire, si toutefois il lui en manquait, ce qui n'est pas prouvé, pour mener à bien tout ce qu'elle entreprenait. TI lui a créé une structure juridique sous forme de SARL à Paris et toutes les sociétés-écrans pour permettre le transfert de tous les capitaux ponctionnés que ce soit à Bordeaux ou à Quimper. Mais il est bien trop prudent pour apparaître quelque part, bien entendu. Nous pouvons le considérer comme étant le conseiller financier et juridique de toute cette affaire. TI lui dictait ce qu'il y avait lieu de faire et elle menait ensuite l'opération pour son propre compte. Les seules choses que les deux hommes possèdent, ce sont la fameuse Mercedes noire aux vitres teintées qu'elle a offerte à son frère au moment du coup de Bordeaux et un peu d'argent sur leur compte. En dehors de ça, tout est à elle, contrôlé et parfaitement maîtrisé... Elle aurait investi dans l'immobilier sur le centre de Dakar, mais là, tout reste à vérifier.

— Eh bien, nous croyons toujours avoir tout vu dans notre métier, hélas, chaque nouvelle affaire nous fait découvrir des capacités insoupçonnées de l'horreur de la nature humaine et, qui plus est, féminine ! soupira François qui éprouvait le désagréable sentiment de s'être laissé mener en bateau, comme un débutant, par cette femme.

Ils discutèrent longuement sur ce dossier, tout en mangeant, afin d'arrêter la liste des demandes de renseignements qui corroboraient les propos tenus par les uns et par les autres.

Avant de reprendre leurs interrogatoires, François et Jacques décidèrent de passer dans chaque bureau pour rencontrer chacun des deux hommes.

Ils se rendirent d'abord dans celui où était interrogé le frère de Moussa.

C'était un homme aux traits anguleux, plutôt grand et longiligne, quoique ses épaules fussent larges et puissantes : un corps de coureur de fond. Dans la trentaine, son visage paraissait jeune, mais il y avait quelque chose de vieux dans son regard.

François se tourna vers lui pour lui parler et ils se regardèrent : les yeux noirs de l'homme, enchâssés dans leur orbite, se vrillèrent dans ceux de François.

— Une menace suprême pèse sur votre tête,

à laquelle aucun être humain ne peut se montrer insensible : la condamnation à perpétuité, incompressible évidemment ! Il devient, dès lors, important que vous soyez le plus clair possible et en mesure de justifier chacun des points que vous aborderez, car tout sera méticuleusement vérifié avant que nous vous remettions entre les mains de la justice. Sans compter que vos empreintes digitales, votre ADN et autres renseignements confirmeront ou infirmeront vos propos ; si vous voyez ce que je veux dire…

Devant les OPJ, l'homme ne pensait plus. Il n'était qu'ouïe. La sueur ruisselait sur son visage alors que l'air était frais dans le bureau. François précisa :

— Vous n'ignorez pas que tous vos propos sont en totale opposition avec ceux tenus par votre sœur.

— J'ai dit la vérité !

— Nous avons les moyens de le vérifier. Dans l'immédiat, il nous faut savoir précisément qui a fait quoi, qui a décidé, qui commandait, à qui profitait chacun de vos coups.

— Je l'ai dit et je le confirme, c'est ma sœur qui organisait chaque opération ! Elle avait la manie de nous lancer des ordres sous forme d'ultimatum qui nous laissaient à chaque fois totalement désarmés. Pourtant, je ne veux pas l'accabler, car elle a beaucoup souffert dans sa jeunesse, mais nous étions totalement à sa solde… Alors, nous nous exécutions !

— D'accord ! A-t-elle assisté à tout ?

— Non. Pas à Bordeaux. Là-bas, c'est mon cousin et moi qui avons tout fait… Surtout lui, car il n'a peur de rien et il est plus fort que moi, physiquement et mentalement. Mais sur la Bretagne, Moussa a tout suivi depuis le départ et tout orchestré au fur et à mesure…

— Vous voulez dire qu'elle a assisté aux deux meurtres ?

Il approuva de la tête, sans répondre.

— Répondez par oui ou par non à ma question !

— Oui.

— Bien, nous allons voir cela. Sachez cependant que toute fausse déclaration se retournera contre vous et que la peine n'en sera que plus lourde !

Il se recroquevilla, posant son visage dans ses longues mains, les coudes sur les cuisses. François et Jacques Gradignan se retirèrent pour laisser leurs collègues prendre le relais. Dans le couloir, François évoqua son sentiment à Jacques :

— Il y a quelque chose que je ne comprends pas. Je serais tenté de dire qu'il porte ce que l'on peut appeler « le complexe de la sœur ». D'un côté, il se peut qu'il soit loyal mais, d'un autre, il peut se comporter en émotif instable. Il paraît avoir des traits de caractère qui se contredisent. Je pense qu'il est à la fois ce qu'il prétend être et ce qu'il cache. Il semble craindre quelque chose et j'ai l'impression que, parfois, il lutte contre des souvenirs, une sorte de chapitre noué dans sa vie.

— Oui, je partage ton avis, mais les psys qui le recevront nous diront ce qu'ils en pensent, c'est leur boulot !

L'interrogatoire avait repris à côté avec le cousin, ils décidèrent donc de ne pas l'interrompre et de revenir vers Moussa. Le procureur discutait toujours avec le patron dans le couloir.

Ils libérèrent les deux agents en tenue et reprirent leur place. Cette fois, François, qui avait été jusque-là sensible à son physique, était décidé à ne plus s'en laisser conter. Il attaqua d'une voix forte, sans ménagement :

— Bien, nous allons reprendre, mais avant, je voudrais vous faire cette petite mise au point, suite aux révélations effectuées et confirmées par votre propre frère et votre cousin. Nous n'avons absolument plus la moindre confiance en vous. Nous nous méfions des menteuses et des manipulatrices et vous êtes « les deux à la fois » !

Ses yeux s'écarquillèrent d'incrédulité dans un premier temps. Puis elle se tourna vers François et leva la tête pour le fixer. Leurs regards se croisèrent avec force. Durs et froids, ses yeux démentaient toute fragilité et n'étaient pas habités par le doute. L'atmosphère était celle d'un combat qui se serait engagé, et François y aurait repris soudain l'avantage. Mais, elle réagit aussitôt :

— Je ne comprends rien à ce que vous me racontez et je n'aime pas du tout que vous me parliez sur ce ton !

— Il faudra bien pourtant que vous vous y habituiez ! Meurtres et complicité de meurtres... de toute façon, pour vous c'est les assises !

— Je suis innocente !

— Mais vous ne doutez de rien, ma parole ! Peut-être n'avez-vous pas conscience que tout ce que vous avez commis était mûrement prémédité par vous-même et qu'en conséquence, vous allez payer la facture au prix fort...

— Je n'ai tué personne !

Cette fois, la douleur la submergeait. La culpabilité se lisait dans ses yeux. Ses traits se crispèrent, comme si elle voulait refouler ses larmes. François se calma aussi rapidement qu'il s'était énervé, cette réaction n'avait pas d'autre objectif que de la mettre devant ses responsabilités.

Comme pour mettre un terme à un bavardage inepte, il reprit :

— Bien. Nous avons traité le cas de Bordeaux. Reprenons à présent celui de Quimper et du Guilvinec. Un, vous êtes mise en relation avec Jacques Kérity. Vous le faites succomber à votre charme et vous engagez votre mariage, non plus au nom de Seynabou Gaye comme à Bordeaux, mais de Fatou Diop cette fois, sommes-nous d'accord ?

— Oui, c'est bien ça.

Sa voix n'était altérée ni par le reproche ni par la colère. Soit qu'elle eût déjà oublié la peur, la violence, soit que rien ne fût plus en mesure de l'atteindre après toutes ces épreuves traversées. Des larmes vinrent perler à nouveau à ses yeux.

— Vous mettez à exécution votre plan selon la même technique qu'à Bordeaux, c'est-à-dire « disparition et substitution », mais, cette fois, vous ne restez pas à l'écart, vous assistez votre frère et votre cousin.

— Je ne l'ai pas tuée !

— Mais vous étiez avec eux !

Elle ne répondit pas, se contentant de remuer la tête négativement, le visage caché par ses mains.

— Regardez-nous quand nous vous parlons s'écria Jacques, en colère.

Elle releva doucement la tête et fixa François.

— Alors, nous attendons votre réponse ! précisa François. Ne dites pas que vous n'y étiez pas ! Votre frère et votre cousin nous ont certifié que vous y étiez et ils ont signé leur procès-verbal, donc leur déclaration. Alors ?

— Oui… j'y étais. Mais je n'ai rien fait, ce sont eux !

— Qui des deux ?

— C'est mon cousin, Magaye, qui l'a étranglée et défigurée, sur la route entre Paris et ici. Moi, je me suis contentée de leur indiquer l'itinéraire à suivre et l'endroit auquel j'avais pensé pour… Elle baissa la voix et ne termina pas sa phrase. Puis elle reprit : mon frère conduisait la voiture et c'est lui qui l'a jetée, ensuite, du pont dans l'arrière-port, le soir. Puis nous sommes repartis aussitôt à Paris, dans notre appartement.

— Bien ! Vous voyez, quand vous voulez, vous savez vous montrer précise ! Venons-en à Jacques Kérity, à présent. Vous avez le culot de lui balancer un SMS mettant en cause ses deux amis d'enfance, alors que vous ne vous êtes pas gênée pour les séduire également et leur emprunter de l'argent, vrai ou faux ? Et surtout ne nous dites pas que ce n'est pas vous !

— Oui. Mais je leur ai donné pour « leur argent »…

— Ah, vous trouvez ? Et c'est de cette manière que vous voyez les choses ?

— Ils me voulaient, ça se voyait, les hommes je les connais, j'en ai suffisamment souffert quand j'étais en Afrique…

— Mais vous en profitez pour prélever des indices : une sangle de camion chez l'un et une seringue chez l'autre…

— C'est mon cousin qui m'avait préconisé de le faire, il voulait que je ramène quelque chose qui soit propre à chacun d'entre eux, afin que nous puissions nous en servir plus tard.

— Ça, nous verrons le rôle exact de votre cousin ! Car, là, à l'évidence, une seule personne est impliquée et agit : c'est vous ! Venons-en, à présent, au piège que vous avez tendu à Jacques Kérity. Mais ne nous racontez pas n'importe quoi ! Nous avons tous les enregistrements de vos conversations téléphoniques, même celles passées d'une cabine téléphonique, que ce soit de la sortie ouest de Paris ou de l'aéroport de Nantes Atlantique. Vous voyez, nous savons tout ! Et là, je crains que nous nous acheminions vers une fin tragique pour vous, bluffa François pour l'amener à se dévoiler davantage.

La forte, la puissante, la tenace Moussa semblait subitement anéantie. Elle s'écroula cette fois en pleurs comme si elle venait de réaliser à l'instant seulement, toute l'horreur de ses actes. Elle devait aussi se rendre compte que son implication était bien réelle et qu'il lui serait difficile d'y échapper. L'heure était désormais grave pour elle. Elle fut saisie d'un hoquet de larmes. Elle craqua un bon coup. Une femme aux abois, même forte intérieurement, ne résiste pas longtemps à la pression. Plus d'un suspect avait craqué ainsi pour avoir été ballotté entre deux comportements contradictoires. Ils restèrent silencieux quelques longues secondes. Elle avait perdu toute sa contenance. Son regard se noyait à présent dans le vide.

— Vous allez nous rappeler l'entretien téléphonique passé d'une cabine à la sortie de Paris, le vendredi en début d'après-midi…

— C'est mon frère qui s'est présenté comme tel et a appelé Jacques à son bureau pour lui annoncer que la sœur de Fatou, donc également sa sœur, venait de Dakar et souhaitait le rencontrer. Elle arrivait à l'aéroport de Nantes Atlantique, vers seize heures.

Elle pleura à nouveau longuement, car il s'agissait cette fois pour elle de s'exprimer sur ce « qu'elle avait fait » et non plus se contenter de mettre en cause ses « associés ». L'image de Jacques Kérity devait aussi s'imposer à elle, augmentant son émotion. Jacques et François revinrent à la charge afin qu'elle s'explique précisément sur son stratagème.

— Mon frère et mon cousin m'avaient déposée bien avant l'heure à l'aéroport de Nantes. J'ai aussitôt appelé Jacques pour l'avertir que j'étais arrivée et me décrire afin qu'il me reconnaisse…

— Comment ça ?

— Parce que je suis arrivée en tenue sénégalaise avec foulard dans les cheveux et longue robe serrée de couleur vive, sandales aux pieds, comme cela se porte là-bas. Volontairement, pour modifier mon visage, je portais des lunettes de vue aux verres neutres, si bien que je ne ressemblais guère à la femme qu'il avait connue. Il est venu me chercher. Il m'a invitée à prendre un café au bar de l'aéroport et nous en avons pris plusieurs afin de nous accorder le temps de discuter.

— Comment avait-il réagi en vous parlant ?

— Au fil des minutes qui passaient, il trouvait que je ressemblais terriblement à celle qu'il croyait être ma sœur : même voix, même regard plein de compassion, même façon de s'exprimer, mêmes gestes…

Je lui ai dit que nous étions jumelles. Il comprenait mieux, mais n'en revenait pas, car il ignorait que Fatou avait une sœur, il savait cependant que j'avais un frère car je lui en avais parlé. Il m'invita ensuite à dîner dans un restaurant gastronomique, car il voulait sans cesse me parler, me parler d'elle, de tout ce qu'il éprouvait pour elle, de son intention de se rendre à Saint-Louis pour y vivre définitivement. Je l'ai écouté en l'approuvant toujours, restant en retrait comme si je ne connaissais rien de lui. Mon frère et mon cousin nous avaient suivis à distance. Il était convenu que nous nous rendions…

Elle se remit à pleurer, l'émotion était trop forte.

Ce plan machiavélique était odieux, épouvantable, répugnant. Cette façon de « jouer au chat et à la souris » avant de supprimer un homme, cet homme qu'elle avait côtoyé à défaut de l'aimer, dépassait tout ce qu'il était possible d'imaginer. Comment cette femme avait-elle pu en arriver là ? Une machination aussi diabolique ne pouvait émaner que d'un cerveau malade, se disait François. Il pensait aussi que, lors de ces dernières enquêtes, l'étonnant dans un interrogatoire n'était pas ce que l'interlocuteur dissimulait, mais ce qu'il confiait, comme une vague imprévue, lourde de tous les remous possibles.

Il rageait à l'idée que la cupidité ait été la première motivation de cette femme pour tuer ou faire tuer et arriver à ses fins.

— Au Guilvinec, c'est bien ça ? l'interpella Jacques.

— Oui. Nous y sommes arrivés après minuit. Je lui avais dit que mon frère et mon cousin souhaitaient aussi le rencontrer. Qu'ils étaient descendus à Léchiagat et que le plus simple serait de se retrouver sur le terre-plein, ensuite nous déciderions ensemble de ce que nous ferions, car il insistait pour que je me rende avec lui à l'appartement de Quimper. J'ai appelé mon frère pour lui confirmer le rendez-vous. Mais Jacques n'écoutait rien de ce que je disais. Il ne cessait de me parler de la femme qu'il avait perdue. J'ai même pleuré plusieurs fois, tellement il était émouvant, touchant...

— N'en faites pas trop, nous savons bien qui vous êtes, ce que vous avez fait et ce dont vous êtes capable, alors, ne faites pas semblant de jouer la sentimentale, ce n'est pas dans vos cordes ! lui asséna Jacques, toujours très remonté contre elle.

— Je vous jure que c'est vrai !

— Ne jurez pas et continuez. Vous vous êtes garés devant la cale, toujours avec cette précision dans la préméditation...

— Mon frère s'est mis à côté. Mon cousin est sorti aussitôt de la voiture et s'est installé derrière Jacques et, avec la sangle, l'a fixé sur le siège. Il... Il... ne comprenait rien de ce qui se passait. Je suis sortie à cet instant pour monter dans l'autre voiture et mon frère a pris ma place à l'avant, pour... pour... pour... balbutia-t-elle en pleurs.

— Allez, dites-le ! Pour piquer Jacques Kérity avec une seringue contenant un puissant somnifère et ensuite précipiter votre voiture, avec Jacques Kérity au volant, dans le port, c'est bien ça ? Sans oublier, bien entendu, de bien laisser en évidence les indices que vous aviez précieusement récoltés précédemment : sangle et seringue pour le diabète.

Elle ne répondit pas, prostrée sur son siège, pleurant abondamment. Tout avait été dit sur cette horrible machination, ou presque… L'anxiété s'insinuait en elle, et le poids de sa solitude lui devenait insupportable. Ils décidèrent d'arrêter quelques instants l'interrogatoire afin de le confronter aux procès-verbaux des collègues. Ils appelèrent deux agents en tenue et se rendirent chez le patron. Les deux autres binômes venaient aussi de faire une coupure. Ils récapitulèrent tout ce qui avait été recueilli. Globalement, les déclarations se recoupaient, il restait cependant à clarifier un certain nombre de points afin de déterminer le rôle et la responsabilité de chacun dans toute l'affaire. Ce qui prendrait certainement encore une grande partie de la nuit.

Comme à la fin de chaque grande enquête, nous étions au bout de ce chemin où tout s'explique, tout devient possible. Chaque chose prend sa place, il existe toujours une réponse à tout et cette énigme se solutionne avec sa part d'inattendu, ses perversions, la découverte du bourreau et de ses capacités hors norme… L'important, à présent, était de neutraliser définitivement la nocuité de ces trois personnages pour le plus grand bien de la société.

Le crépuscule allumait ses derniers feux sur la ville avant de la plonger dans une nuit qui s'annonçait fébrile.

Phil appela François qui lui raconta cette journée féconde, lui retraçant les grandes lignes de l'ensemble des interrogatoires. Phil regrettait vivement de ne pas avoir été là pour ce dénouement et aussi « par respect pour Jacques Kérity… » précisa-t-il.

Il se souvenait encore parfaitement de sa première rencontre, de la tristesse de son regard, de sa phrase pleine de désenchantement. Mais il avoua aussitôt être très heureux de se trouver aux côtés de son épouse et, bien sûr, de… sa petite Clémence. Sa jubilation était intense et cela s'entendait.

Puis, les interrogatoires reprirent inlassablement jusqu'au matin, exigeant en permanence des précisions, répétant et recoupant chaque élément des uns, servi aux autres pour établir en final un compte rendu qui soit au plus proche de la réalité.

Les OPJ agissaient en machine à interroger : brefs, froids, efficaces. Quant aux trois suspects, un tourbillon d'émotions contradictoires maintenait leur esprit dans la confusion la plus totale. Amour, haine, angoisse, désespoir, rage se mêlaient en eux. Arrogance, abattement, perplexité se succédaient. Puis leur colère se mua en tristesse. À bout de forces, fatigués, usés, torpillés, ils baissèrent la garde et s'abandonnèrent à l'immense lassitude qui les terrassait. Tous les trois finirent par jeter l'éponge, se déliter complètement et reconnaître chacun leur part d'engagement dans cette sordide affaire. Ensemble, ils établirent, enfin, une chronologie minutieuse et extrêmement précise des deux affaires.

Quand le jour s'était levé, Moussa n'était plus cette femme brillante qu'elle était, la veille encore… Les premières traces de sa future déchéance s'affichaient sur son visage aux traits tirés, aux yeux cernés, aux mâchoires serrées. Elle tremblait, par instants, de froid et d'une colère qui se mêlait désormais à une effroyable tristesse. Son ego surdimensionné avait totalement fondu face à la fatigue et aux épreuves endurées depuis vingt-quatre heures. Ses yeux s'enfuyaient parfois vers des rêves ou des cauchemars où personne ne pouvait la suivre, sans doute loin de ses turpitudes. Elle tressautait au bord du hurlement intérieur, au bord de la grande crise et aussi d'une déprime annoncée… Un nouveau chapitre de sa vie s'ouvrait désormais. Elle avait quitté le piédestal des vanités sur lequel elle s'affichait avec des futilités ostentatoires. Devant les OPJ, il ne restait que son double, une enveloppe presque sans vie, vide, sombre comme la tourbe. Désormais, la solitude et l'exil seraient son seul avenir.

Épuisés, la voix éraillée de fatigue, les OPJ s'étaient retrouvés devant un café et quelques viennoiseries.

La nuit avait été éprouvante. François avoua que très rares étaient ceux qui pouvaient lui faire désespérer du genre humain, mais Moussa entrait dans cette catégorie. Même s'il avait eu l'occasion d'apprécier la richesse de l'imagination humaine en matière de sadisme en près de trente années de métier. Il rajouta :

— À chaque fois, nous croyons toucher le fond de la cruauté humaine, mais nous nous apercevons que nous ne faisons que graviter à sa périphérie. Ici encore, l'association de ces trois personnes avait pour objectif l'argent et un hypothétique coin de paradis acquis à bon compte, au détriment de quelques vies enlevées avec préméditation et sans vergogne.

— Oui, en découvrant ce genre d'horreur, je préfère ne croire en aucun Dieu, expliqua Jean Floirac.

Sinon, certains jours, il me viendrait peut-être des envies de le haïr, continua-t-il, sur le ton désabusé d'un philosophe qui a déjà beaucoup vécu. Mais je reste, tout de même, stupéfait par cette cruauté, cette perversion et surtout par l'habilité de l'imbroglio imaginé avec un tel cynisme… Cette femme est un monstre, une arriviste sans scrupule, prête à tout pour se faire de l'argent et mener la grande vie sans jamais travailler. Elle n'avait plus aucun sens des réalités, tout était devenu jeu pour elle. Vraiment, c'était une bonne! Elle nous a bien baladés!

Les OPJ ne répondirent rien. Pas besoin. Ils partageaient son amertume.

Peu à peu, la colère accumulée semblait refluer chez chacun d'entre eux. Leur corps en contenait encore une solide dose que l'on percevait de par leurs muscles crispés et leur souffle trop rapide.

Mais celle-ci semblait s'échapper d'eux par petites bouffées pour aller se perdre dans l'air du petit matin.

Ils avaient trouvé cette affaire si tragique, si effroyable, si triste pour tout dire, qu'ils en étaient atterrés.

Leurs pensées vagabondaient dans une vacuité apaisante. Ils devaient à tout prix sortir du tragique pour vivre normalement et retrouver leur équilibre. Même si une telle affaire leur imposait à tout jamais une image assombrie de l'existence.

Le procureur vint aux nouvelles. Le patron lui commenta les résultats obtenus et lui remit les procès-verbaux.

Les mises en examen furent aussitôt délivrées pour les trois comparses, il appartiendrait désormais à la justice de faire son travail.

Cette affaire hors du commun allait suivre le cours banal des procédures. Le procureur ne manqua pas de féliciter les OPJ, affichant un sourire radieux qui respirait la sincérité.

Délivrée des affres de la nuit, Quimper se réveillait, encore lourde d'un sommeil de juste, par une de ces belles matinées d'automne où le ciel reste d'un bleu pur et où le soleil se croit encore un peu en été. Debout devant la fenêtre, François admirait ce paysage grandiose avec un mélange de crainte et d'étrange exaltation.

ÉPILOGUE

Dans les jours qui suivirent, Jean Floirac et Jacques Gradignan avaient rejoint leur terre d'Aquitaine mais continuaient à échanger quotidiennement avec leurs collègues quimpérois afin de finaliser leur enquête commune tandis que les trois complices avaient été incarcérés. Les héritiers de la victime bordelaise remuaient déjà ciel et terre afin de récupérer les fonds disparus.

Cependant, ces deux affaires plongeaient tout le monde dans un imbroglio juridique extrêmement complexe.

En effet, les deux femmes assassinées étaient les épouses légitimes des hommes assassinés à leur tour, mais, selon des actes établis sans leur consentement et présentés par une tierce personne qui s'était substituée à elles ! De nombreux juristes se penchaient sur ce cas particulier.

Après étude, ils convinrent d'obtenir l'annulation des deux mariages pour vice de forme et d'engager ensuite les procédures de recouvrement. Nul doute qu'il faudrait de nombreux mois pour tirer tout ceci au clair et permettre à chaque famille de s'y retrouver ; la situation était d'autant plus embrouillée que les deux personnes étaient étrangères. Autre complication en perspective, les sociétés écrans dont le seul but était le transfert des capitaux récupérés par Moussa. Il faudrait faire appel à des juristes financiers internationaux pour débrouiller l'écheveau...

Quant à Guy Trémeur et Jean-Paul Kerlarun, ils avaient choisi de jouer la transparence et déposèrent leur créance auprès du juge en charge de cette affaire particulière.

Phil, en homme nouveau, se présenta, quelques jours plus tard, chargé des photos de la petite dernière, et reprit sa place, plus rayonnant que jamais. Un sourire mutin creusait ses joues et semait dans ses pupilles des paillettes de lumière. François y alla de ses compliments attendris en découvrant le merveilleux visage de Clémence, beau comme ceux de tous les nouveau-nés. Il était heureux que ce bonheur vienne mettre un peu de rose dans la noirceur des jours passés.

Joël Le Traon avait pris la réelle dimension de son nouveau rôle d'officier de police judiciaire. Son baptême du feu s'était réalisé dans une situation hors du commun. Il venait d'en apprendre bien plus par cette première affaire que par les cours qui lui avaient permis de devenir OPJ. Il venait de découvrir bien des choses en ce début de carrière prometteur. À quoi pensait-il le plus : à l'enquête, aux remarques parfois désobligeantes de sa hiérarchie, à la nouvelle vie professionnelle qui s'ouvrait devant lui ?

Phil, François et Joël purent enfin boucler cette tragique affaire. La fameuse Mercedes noire fut mise sous scellés et l'ADN prélevé sur des traces de sang relevées dans le coffre confirma le passage des deux femmes assassinées dans celui-ci.

Les collègues du Sénégal confirmèrent le casier judiciaire des deux hommes arrêtés. Moussa n'y figurait pas.

Les deux hommes entretenaient des rapports étranges où se mêlaient la fascination, l'envie et une forme très masculine d'affection vis-à-vis d'elle. Les procédures internationales permirent de retrouver les traces des fonds partis de France, via différents lieux de complaisance et retrouvés, pour l'essentiel, à Dakar.

Certains étaient déjà investis dans de l'immobilier qu'il conviendrait de saisir, et les autres, en attente d'emploi, sur divers comptes bancaires : tous au nom de Moussa N'Diaye !

Ils découvrirent aussi la liste des jeunes femmes « futures recrutées » et les papiers d'identité de deux d'entre elles, dont la prochaine… future victime.

Deux comptes bancaires, confortablement alimentés, au nom du frère et du cousin, furent localisés dans le VIIIe arrondissement de Paris. Ceux-ci firent l'objet d'une saisie-arrêt.

Plus terrible encore, en exploitant les ordinateurs portables saisis au siège social de la *SARL Sénégal Impex* dans le VIIIe arrondissement de Paris, les spécialistes découvrirent que, non contents de leurs deux sales affaires, les trois individus avaient déjà engagé des contacts au nom d'une troisième jeune femme auprès d'un riche industriel du nord de la

France. L'identité de cette dernière correspondait à celle recueillie à Dakar, en annexe figurait la photo de Moussa, bien entendu. Rien ne pouvait arrêter sa boulimie d'argent, persuadée, sans doute, que son succès allait suivre une courbe exponentielle... mais, elle avait manqué de vigilance et de discernement ! Cette information venait encore appuyer la thèse de la préméditation...

Nul doute qu'ils ne bénéficieraient d'aucune circonstance atténuante. Il ne s'agissait pas là, simplement, de meurtres perpétrés sous le coup d'un acte de folie ou d'une passion vengeresse, mais bel et bien d'exécutions soigneusement programmées. Comme bien souvent, la victime originelle était devenue bourreau à son tour...

Finalement, tous les trois participaient du même univers. Des individus différents, certes, mais animés par les mêmes motivations : l'argent, une voiture de luxe, la vie facile à n'importe quel prix. La morale n'étant qu'un carcan réservé aux autres, ils faisaient preuve d'une perversité pathologique. Ne ressentaient-ils aucune compassion pour les autres ? Aucun sentiment réel ? Non... seulement un désir de pouvoir total et de jouissance de la vie, par n'importe quel moyen.

Phil, François et Joël rassemblèrent toutes les pièces de l'affaire afin de les remettre au patron. Plusieurs dossiers cartonnés à sangle furent nécessaires pour les réunir. Joël, tout en étant fier de la voir aboutir, ne dissimulait pas ses contrariétés et notamment le fait de ne pas avoir compris assez tôt le stratagème de celle qui se faisait passer pour l'épouse de Jacques Kérity, son compatriote.

François lui répondit :

— Dans notre métier, nous ne pouvons tout prévoir. Tu ne parviendras jamais à tout comprendre dès le départ, c'est sans espoir. Dans chaque enquête, tu vas errer un moment. La nuit, tu dormiras et pourtant ta cervelle continuera à fonctionner. Elle brûlera de mille doutes qui t'assailliront à ton réveil comme un tintement sourd qui te tire peu à peu de ton sommeil… C'est comme ça et on n'y peut rien, même avec le temps. Avec l'expérience j'ai enfin appris à ne plus m'impliquer personnellement dans chaque dossier. Est-ce aussi ton avis, Phil ?

— Oui. Je le partage complètement. Nous pouvons clore ce dossier, sans regret, au fait comment allons-nous l'appeler ?

— Finalement, comme, la jeune femme découverte dans l'arrière-port n'était pas celle réellement mariée à mon compatriote Jacques Kérity, on pourrait l'appeler « La Demoiselle du Guilvinec » ! annonça Joël en éclatant de rire, fidèle à la « spécialité » de sa ville et de son port.

— Tu parles d'une sacrée langoustine ! rajouta François en dodelinant de la tête.

FIN

Inscrivez-vous gratuitement,
et sans aucun engagement de votre part,
à notre bulletin d'information
en nous retournant le coupon ci-contre.

Vous serez averti(e) des parutions en exclusivité,
pourrez bénéficier d'offres spéciales,
de cadeaux, etc.

Chaque nouvel inscrit recevra
une petite surprise…

Rejoignez-nous vite !

Et n'hésitez pas à proposer l'inscription
à vos parents et amis…

Je désire m'abonner gratuitement
au bulletin d'information des Éditions du Palémon :
je serai averti(e) des parutions
des enquêtes de Firmin Le Bourhis et autres ouvrages,
ainsi que de l'actualité et des offres Palémon.

Nom :..

Prénom :..

Adresse :...

....

....

Code Postal : ....Ville :......................................

Pour encore plus d'offres et d'infos,
indiquez votre adresse e-mail :

E-mail :..@.......................

Bon à compléter ou à recopier
et à retourner par courrier à l'adresse suivante :

ÉDITIONS DU PALÉMON
ZA de Troyalac'h
10 rue André Michelin
29170 SAINT-ÉVARZEC

FLB13

Retrouvez les ouvrages de Firmin Le Bourhis
et tous les titres des Éditions du Palémon sur :

www.palemon.fr

ÉDITIONS DU PALÉMON
ZA de Troyalac'h - 10 rue André Michelin
29170 SAINT-ÉVARZEC
02 98 94 62 44
Dépôt légal 1er trimestre 2015

ISBN : 978-2-916248-94-3

Achevé d'imprimer
par l'Imprimerie Laballery (412342)
1er tirage
Imprimé en France